Um romance por
Ana C. Sales

THE
Greystones

— SE APAIXONE POR ELES.

5310 Publishing Company

5310publishing.com

ISBN Paperback (English): 978-1-7771517-5-1
ISBN Ebook (English): 978-1-7771517-6-8

ISBN Paperback (PT-BR): 978-1-990158-07-0
ISBN Ebook (PT-BR): 978-1-990158-06-3

Primeira edição (esta edição) lançada em Março 2021.
First English edition released in April 2021.

THE *Greystones*

Se apaixone por eles.

Ana C. Sales

5310publishing

Para meus amores: Felipe, Rafael, Fernando e Eric.

Por tudo, e principalmente por serem meus filhos.

Sempre haverá romance...

Sempre haverá amor...

Basta você querer.

— Ana C. Sales

A Ponte Que Eu Não Atravessei (2019)
The Greystones - Se Apaixone Por Eles. (2021)
Um Amor Para Doutora Mary (2022)

I

Adele chegou à Greystones pouco mais das duas da tarde. O dia estava lindo e o sol brilhava como nunca, não havia chovido na estrada e ela se sentia sortuda.

Estacionou seu moderno e luxuoso carro em frente à casa e desceu. Adele olhou a grandiosidade daquela mansão e constatou que seu tio Henry Evans foi um homem que soube viver sua vida com prazer. Ter uma casa no campo, há 20 minutos de Brighton e há cerca de uma hora de distância de Londres era uma verdadeira benção. O irmão gêmeo de sua mãe, seu querido tio Henry, havia falecido há sete dias e como Adele estava fora de Londres, infelizmente, não pôde comparecer ao enterro, ela não tinha ideia de o porquê ter sido convocada para a leitura do testamento.

A casa por fora era toda em pedra cinza, imponente e grandiosa, por isso o nome Greystones. Construída em 1801, foi preciso pelo menos cinco anos para colocar aquela mansão de pé, e seu tio tinha muito orgulho de ter vivido toda sua vida ali. Respirando fundo, Adele subiu as escadas de mármore branco impecavelmente limpo. Na porta, uma aldrava em forma de leão feita de ouro que usou para bater na porta e ser ouvida.

— Senhorita Adele Evans Green! Como vai? Entre por favor. — Gerald Harris a cumprimentou com uma leve reverência e um meio sorriso. Gerald, seu mordomo há cinquenta anos, juntamente com seu filho Brian, que é o advogado da família, tomaram conta de tudo do falecimento de seu tio, uma vez que o único filho de Henry também estava fora de Londres.

— Como tem passado Gerald? — perguntou adentrando à casa e já sentindo o aroma de chá, tão conhecido há anos.

— Estamos tristes Senhorita Adele, mas felizes que tenha chegado. — A voz do mordomo era sensata e polida.

— Muito obrigada, Gerald — Adele falou delicadamente. — A sensação que tenho é de que tio Henry ainda está aqui. — Ela falou tristemente. Gerald não respondeu e a convidou a sentar.

— Por favor, venha. Trarei um chá e a porei à par de tudo. Suas malas serão levadas ao seu antigo quarto enquanto conversamos, só um momento que vou chamar Jean.

— Como está Amélia? — Adele perguntou enquanto se acomodava no grande sofá de couro.

— Estamos todos bem, apesar das circunstâncias. Obrigado Senhorita Adele. Com licença. — Gerald saiu com uma pequena reverência e a deixou sozinha com seus pensamentos, na grande sala de chá. Adele observou tudo tão bem cuidado, móveis em perfeitas condições, tudo limpo e organizado. *Tio Henry foi uma pessoa de muita sorte mesmo e muito abençoado.*

Adele tomou consciência que sua vida toda era indo e vindo de Londres à Greystones, ali era sua segunda casa, ela amava tudo aquilo. Sua mãe e seu tio Henry tinham uma ligação muito profunda. A mãe de Adele também já havia falecido. Seu tio Henry nunca havia se casado, mas adotou um menino com doze anos de idade. Gerald voltou com uma bandeja de chá e tirou Adele dos seus devaneios.

— Dois torrões de açúcar? — perguntou Gerald.

— Sim. Por favor.

— O Sr. Michael chegará a qualquer momento, ele foi até Brighton resolver alguns assuntos relacionados ao testamento. — disse Gerald, servindo chá.

— Gerald, por que exatamente estou aqui? Não entendo! Tio Henry já tem seu herdeiro legitimo e não vejo a necessidade de eu fazer parte da leitura desse testamento.

— Não me pergunte, senhorita Adele, eu sou apenas o mordomo — respondeu Gerald educadamente. Adele sabia que Gerald era muito mais que um mordomo. Ele era, antes de tudo, um amigo de seu tio Henry. Tomou o chá em silêncio e Gerald não disse uma palavra.

— A Senhorita gostaria de se deitar antes do jantar? — Gerald perguntou.

— Sim. Vou tomar banho e descansar um pouco. Ainda continua o horário das 18:30 para o jantar? — perguntou arqueando uma sobrancelha.

— Nada mudou, senhorita Adele. O jantar sairá pontualmente às 18:30.

Adele subiu os degraus que davam ao seu quarto de sempre. Estava tudo como sempre foi. Henry gostava de dizer que ali era a extensão da casa dela, e realmente ela se sentia assim.

Ao entrar em seu antigo quarto, foi direto até a janela e olhou para fora, seu carro já havia saído de onde tinha deixado, e suas malas já estavam do lado do armário.

Não se surpreendeu ao ver um carro chegando. Ficou olhando e viu quando Michael desceu. Ele era a pura classe e charme, estava vestido com um terno claro que exalava masculinidade.

Seu cabelo preto e liso estava bem-comportado, visto de cima. Adele Ficou observando Gerald falar com ele e ele somente balançava a cabeça, ouvindo tudo atentamente.

Repentinamente, ele olha para cima e seus olhos se encontram. Adele abre um sorriso para Michael e ele retribui com outro maravilhoso, apesar de ser um sorriso triste. *Quando esse homem ficou tão lindo?* Adele pensou ao deixar a janela. *Meu Deus!* Graças ao seu tio, que era um homem que gostava da modernidade, Adele teve um banho quente e com chuveiro, um verdadeiro luxo, somente famílias muito ricas tinham chuveiro. Adele não gosta de banheiras, Greystones ter um chuveiro era um grande alívio.

Saiu do banho renovada e colocou um roupão que já se encontrava sobre a cama. Descansar um pouco antes do jantar, essa seria sua meta.

Londres acompanhava a moda atual. As roupas eram sombrias e muito sérias. Adele era diferente, ela não seguia a moda, usava o que lhe caia bem e nunca dava importância para os que os outros pensavam. Por isso, ela tinha várias calças compridas. Em 1930, somente algumas artistas vestiam calças, e Adele aderiu à moda, sem se importar com as mulheres ou homens que a olhavam torto. Era uma verdadeira glória poder andar sem aquele tanto de roupas que os vestidos exigiam.

Ela se deitou na cama macia e aconchegante e mal fechou seus olhos já estava dormindo profundamente.

Adele acordou com uma leve batida na porta, ela olhou para o relógio de cabeceira e constatou que dormiu por aproximadamente duas horas.

— Entre. — Falou meio sonolenta.

— Boa tarde Senhorita Adele. — Magee disse entrando no quarto. — Como a senhorita está?

— Boa tarde Magee. Estou bem, obrigada. Acho que dormi demais — Adele respondeu sentando-se na cama.

— Não tenha pressa. Ainda temos uma hora até o jantar. Gostaria que eu a ajudasse a arrumar o seu cabelo? — Magee perguntou solícita.

— Não. Pode deixar que eu me arrumo em um instante e já desço. Muito obrigada. — respondeu Adele.

Magee saiu e Adele se levantou. Suas roupas já estavam todas penduradas, e outras guardadas nas gavetas da grande cômoda. A eficiência dos serviçais de Henry era impressionante.

Tudo continuava como se ele não estivesse partido. Inesperadamente, Adele se sentiu sozinha e sem chão. Tio Henry era a sua última família, seus pais já haviam falecidos e agora ela ficou completamente só. Não tinha irmãos e nenhum primo. *Aos vinte e quatro anos, sou eu e mais ninguém,* pensou Adele.

Já havia recebido pedidos de casamento inúmeras vezes, mas nem de longe se casaria por segurança ou solidão. Seu pai a deixou com uma boa fortuna e quando sua mãe se foi ela herdou tudo o que restava dela. Não precisaria trabalhar pelo resto da vida, mas nunca gostou da vida ociosa, por isso ela escrevia. Já havia publicado três livros com um pseudônimo masculino, e estava feliz com isso.

Adele terminou de se arrumar e desceu, na esperança de encontrar Michael antes do jantar. Antes mesmo de chegar ao último degrau da escada, ouviu Michael falando com Gerald. A voz dele era baixa e ponderada.

— Olá. — Disse Adele, anunciando sua chegada, olhando para os dois homens. Ambos olharam admirados. A beleza de Adele era impressionante. Michael veio ao seu encontro.

— Seja bem-vinda a Greystones, minha querida. — Michael abriu os braços em sinal de boas vindas.

— Michael.... — Adele disse abraçando-o e sentindo seus braços ao redor de si. — Como você está? — perguntou afastando um pouco e olhando para seu rosto.

— O que posso dizer? — Michael se afastou. — É muito triste e doloroso não ter mais papai. — Michael parecia realmente triste e abalado. Adele notou profundas olheiras ao redor de seus olhos e o abatimento era visível. — Sente-se. Como foi de viagem até Greystones? — Michael perguntou solícito.

— Fui bem, apesar de tudo. — respondeu meigamente. — Sinto muito querido. É realmente uma pena que após tantos anos tenhamos que nos encontrar nessas circunstâncias. — Adele estava com os olhos cheios de lágrimas.

— Muito triste mesmo — ele respondeu infeliz.

— Michael... não entendi o seu chamado. — Falou olhando atentamente para ele. — Pelo que sei o único herdeiro legitimo é você, certo?

— Se papai não mudou o testamento — Michael falou tranquilamente — você também estará inclusa.

— O quê? — intrigada. — Tio Henry jamais faria isso com você, Michael!

— Fazer o quê, querida? Você sabe que jamais liguei para dinheiro e tenho mais do que poderia gastar. Vamos aguardar, e amanhã saberemos o que realmente papai gostaria que fosse feito após sua morte.

Os dois ficaram em completo silêncio e Adele aproveitou o momento para analisar Michael. Apesar de estar abatido, ele não deixava de ser um belo homem.

Aos trinta anos era alto, com um metro e noventa e cinco de altura, magro, rosto perfeito, olhos verdes esmeraldas, cabelo escuro e liso. Um verdadeiro Deus grego. Adele sabia que ele também a estava analisando, mas nada demostrava em seu semblante que ele a achasse bonita ou sexy.

Michael não queria acreditar que Adele tinha ficado tão atraente, bonita e sexy. *Ela se tornou uma bela mulher e desabrochou como nunca... E de calças compridas! Quem diria! Suas curvas são perfeitas.* Ele pensou.

Adele tinha olhos azuis, como o de seu pai e a sua mãe, era bela em estatura, com um metro e setenta e três, magra, na medida certa, cabelo castanho bem claro, quase loiro, ondulado nas pontas e um corpo de dar inveja em qualquer garota de dezoito anos. *Estava com vinte quatro ou vinte e cinco anos?* Michael não se lembrava. Mas após dez anos sem se encontrarem, ele simplesmente estava embasbacado com sua beleza. Ela exalava sexualidade. O silêncio estava ficando constrangedor e Michael resolveu quebrá-lo. — E então, como você anda?

— Estou bem. Estou escrevendo um livro novo. Porque você sabe, amo escrever. — Ela falou olhando para ele.

— Sim. — Michael falou olhando para seu rosto atentamente — Tive a oportunidade de ler um de seus livros, e você está de parabéns Adele.

— Obrigada, Michael. — Antes que Adele pudesse falar qualquer outra coisa, Gerald entrou e anunciou o jantar.

— Vamos, querida. — Michael disse, e Adele se levantou. Michael pousou a mão possessivamente na cintura dela, conduzindo-a à sala de jantar.

A comida, como sempre, estava excelente e tudo na mais perfeita ordem. Ela reparou que Michael comeu muito pouco, mas não quis comentar nada.

— Adele, que tal darmos uma volta à cavalo pela propriedade antes da leitura do testamento? Você ainda monta? — perguntou pousando o garfo, em sinal de que já tinha terminado sua refeição.

— Podemos sim. Ainda monto, e todos os anos em que vim visitar tio Henry, nós dávamos grandes cavalgadas. Eu o ajudava a inspecionar Greystones.

— Papai... — Michael sorriu sem vontade, mesmo tendo tantos empregados, ainda assim, sempre queria fazer sua ronda para certificar-se de que tudo estava bem. Michael parou por um momento e encheu os olhos d'água, olhava para o nada e abaixou a cabeça derrotado.

— Sinto por você, Michael, sei o quanto era apegado ao tio Henry. Eu mesma ainda não consigo acreditar que ele se foi. Agora estou completamente sozinha no mundo, todos os meus parentes se foram, infelizmente. — Adele falou com uma voz muito meiga e embargada de emoção.

— Nunca diga isso novamente Adele. — Michael falou muito sério e bravo olhando em seus olhos. — Você jamais estará sozinha enquanto eu viver. Você sempre terá a mim. Sempre! Entendeu? — sua voz era grave e brava.

— Sim. Me perdoe querido. Eu estava me referindo as pessoas do meu sangue, jamais ofenderia você, Michael.

— Posso te perdoar dessa vez, mas jamais repita isso novamente, por favor. Estamos conversados sobre isso? — Você nunca estará sozinha e enquanto eu viver você terá a mim. — Sua voz era rouca e profunda. Adele olhou Michael e nunca o tinha visto tão aborrecido assim. Seu rosto estava pálido de raiva.

— A que horas devo descer? Para nossa cavalgada? — Adele perguntou mudando de assunto.

Michael mudou de posição na cadeira e um pouco constrangido disse — O inventariante, que é nosso advogado e filho de Gerald, não sei se você se lembra dele, Brian Harris... Brian e o testamenteiro estarão aqui às duas horas da tarde. Pode ser às nove da manhã, ou está muito cedo para você?

— Está ótimo esse horário. Não costumo ficar na cama até tarde, eu me levanto em torno das sete da manhã, todos os dias. Eu não me lembro muito de Brian.

— Ótimo então. — Respondeu Michael bem mais calmo. — Você prefere descansar ou podemos passar para a outra sala e tomar um licor ou qualquer outra coisa que você preferir?

— Vamos para a outra sala. Está muito cedo para ir dormir, mesmo estando em Greystones. — Adele se levantou e foi ao encontro de Michael, que mais uma vez colocou a mão sobre sua cintura. Michael sentia o quanto Adele era delicada e se sentiu triste por ter sido tão duro com ela.

— Ouça querida... me perdoe pela explosão. Não estou bem desde que papai se foi e sinto que talvez poderia ter feito mais por ele se não estivesse tão absurdamente envolvido nos meus projetos. — Michael se desculpou.

— Não querido, não diga isso. Eu é que peço perdão por ser tão cética e não confiar em você. Há dez anos que não nos vemos e não sei nada sobre você. Casado? — perguntou prendendo a respiração.

— Não, Adele. Está para nascer alguém que me faça casar. Nunca me casarei! Serei como papai, um convicto solteirão. — Michael respondeu.

— Até conhecer o amor da sua vida, né? — Adele falou sem nem pensar, mas agora já tinha falado e não tinha mais jeito. Michael não disse nada e continuaram seguindo para a outra sala.

— Gerald já nos servirá. Sente-se onde preferir. — Falou Michael e sentou-se no sofá de couro marrom. Adele preferiu se acomodar em uma poltrona muito aconchegante. Como estava de calças compridas, pôde colocar as duas pernas no encosto da poltrona e ficar de frente olhando para Michael, ele olhou a sua posição e só deu um meio sorriso.

— Me fale do seu projeto. — Adele disse.

— Bom... Eu gosto de fazer móveis. Eu estava em exibição em algumas galerias, quando papai se sentiu mal.

— Móveis? Tipo carpinteiro? — Adele estava muito interessada nisso.

— Sim. Tipo carpinteiro. — Michael sorriu. Após a nossa cavalgada vou levá-la na minha "carpintaria"... ele falou sorrindo, olhando para Adele.

— Isso é muito interessante Michael, estou curiosa para ver seus móveis. Aqui há algo de sua carpintaria?

— Sim. Essa poltrona que você está sentada é de minha coleção. — Adele sentiu o orgulho na voz de Michael.

— Mesmo? Por isso é tão linda e confortável! Estou extasiada Michael, parabéns! — Ela se levantou com um impulso e observou a poltrona com mais atenção e notou o quanto era linda e moderna para os anos 30. — Michael, você é um gênio! — Adele disse com grande entusiasmo.

— Ora querida Adele, não vamos exagerar, né? — Michael disse sorrindo.

— Não vejo a hora de chegar amanhã... — Adele respondeu, também sorrindo. — Quero saber tudo o que você faz, e como surgiu esse interesse todo por criar móveis.

Seus olhares se encontraram e ela sentiu um arrepio na coluna. Nunca tinha visto olhos mais lindos. Michael a olhava profundamente como se quisesse desnudar a alma de Adele e ela viu o desejo espantado em seus olhos.

— Melhor eu ir dormir. — falou baixinho. — Quero estar preparada para nossa cavalgada. Boa noite, Michael.

— Boa noite, querida. Durma com os anjos. — A voz de Michael estava rouca e cheia de desejo.

Adele subiu para seu quarto e se despiu de suas roupas, colocou seu pijama favorito, e deitou na cama confortável. Ficou muito tempo refletindo e pensando em Michael. Como ele estava diferente, mais maduro. Dez anos que eles não se viam, ele se tornou um homem belo e másculo, isso ela não poderia negar, jamais! *Tio Henry teve muita sorte*, pensou Adele. Michael foi adotado aos doze anos de idade e desde que pisou os pés em Greystones, nunca decepcionou tio Henry. Sempre estudioso e respeitoso, passou a chamar tio Henry de papai assim que foi adotado. Nunca se ouviu falar que Michael tenha levantado a voz para o pai ou o contrariado em qualquer assunto.

Definitivamente, Michael foi uma benção para tio Henry e Adele tinha certeza de que seria uma família para ela também. Sim... Ela não poderia nutrir qualquer outro sentimento por ele, a não ser o de primos mesmo.

Ficou inquieta com esse pensamento. *Por quê? Mas, por que que eu não posso ter qualquer outra coisa que não fosse amizade com Michael?* Ela não tinha ideia.

II

Michael terminou de beber seu licor e ficou muito tempo sentado olhando para o nada e pensando o quanto Adele tinha mexido com seus sentimentos. Aquela não era mais a garotinha que tinha estado com ele há dez anos. Adele hoje é uma mulher linda e sexy. Ela sabia o que queria, era independente e não dava importância ao que os outros diziam a seu respeito. Essa personalidade forte e decidida era como ver tia Adelina, mãe de Adele. *Ela era uma mulher à frente do seu tempo. Pena ter ido tão cedo.* Michael, prometeu que cuidaria de Adele, e era isso que pretendia fazer.

Deixando sua taça de lado, Michael se levantou e já estava se recolhendo quando Gerald apareceu.

— Sim Gerald, gostaria mesmo de falar com você. Por favor, avise ao cocheiro para selar os cavalos amanhã as 9:00 horas. A égua Arista para a Senhorita Adele e o garanhão para mim, como sempre.

— Sim senhor, darei o recado agora.

— Boa noite, Gerald. E mais uma vez, muito obrigado por todo o apoio dispensado a mim, desde que papai nos deixou. — Michael disse.

— Claro, Senhor Michael! Eu estou aqui para isso. Sempre estarei presente para o servir. — Gerald fez uma pequena reverência e saiu discretamente da sala.

Papai tinha bons empregados e fiéis amigos. Pensou Michael, subindo para seu quarto. Ao passar pelo quarto em que Adele estava, Michael teve vontade de bater na porta para lhe dar novamente boa noite. A luz estava acessa, isso indicava que Adele ainda não tinha se recolhido e poderia estar acordada. *Mas seria muita audácia? Melhor não a incomodar.* Pensou Michael, seguindo para seu quarto.

Quando que Michael ficou com tantas dúvidas em relação a uma mulher? Não conseguia entender o porquê disso. Adele era uma mulher incrível e Michael se sentia atraído por ela. E ela sentiria o mesmo? *Amanhã tirarei essas ideias lunáticas da minha cabeça. Com certeza uma moça linda desse jeito já teria inúmeros pretendentes e já estaria comprometida,* Michael pensou.

Não tiveram tempo de se conhecerem melhor novamente, mas Michael sabia que Adele não poderia estar sozinha. *Ela era linda demais.* Já dentro de seu quarto Michael se preparava para dormir. Tirou toda a sua roupa e se deitou nos lençóis macios e de ótima qualidade.

Tudo em Greystones era de boa qualidade. Henry Evan era um homem que nunca foi pão duro, gastava com ele e com quem mais precisasse. Nunca foi obcecado por juntar dinheiro, e sua fortuna era inestimável. Sempre foi um homem ponderado e de poucas farras. Henry amou apenas uma mulher em sua vida, a sua fiel empregada Anna.

Anna era o amor de sua vida e não se casaram somente porque ela não quis. Ela dizia que era de outra origem e que "não gostaria de misturar as coisas". Henry sempre soube que Anna jamais se casaria com ele e por isso a teve em seus braços e cama pelo tempo que ela permitiu.

Um dia, sem mais nem menos, Anna desapareceu sem deixar sequer um endereço. Deixou apenas uma carta da qual explicava a Henry que precisava ir embora e que ele não se preocupasse, ela tinha retirado dinheiro suficiente de sua conta, que Henry havia aberto para ela, no Banco de Londres.

Não queria mais fazer parte da vida de Henry, pois sabia que um dia aquilo precisava acabar. Por mais que Henry desejasse Anna como sua esposa, Anna sabia que nunca daria certo.

Henry era um homem culto e com muitos amigos e com certeza ela um dia poderia o envergonhar perante a sociedade Londrina. Anna não era de família rica e sim de família muito pobre. Henry fez de tudo para Anna ter uma velhice digna, mas nunca mais soube notícias dela.

Anna foi e seria seu grande amor. Jamais se casaria, pois seu coração pertencia a ela e não seria de mais ninguém. Henry então, passou sua vida em Greystones e fazia muitas caridades.

Um dia, ao visitar um orfanato, para saber se suas contribuições estavam realmente sendo usadas de acordo, Henry se deparou com um menino que desenhava, quieto e absolvido completamente em seu desenho. Henry se aproximou do garoto que ao levantar os olhos para Henry deu um sorriso. Henry naquele momento se viu sendo um pai para aquele menino. *E por que não?* Haviam tantas crianças abandonadas e órfãs naquele orfanato que ele não pensou duas vezes. Henry sentou-se ao lado do garoto e eles começaram a conversar. Achou o menino grande para doze anos, porém extremamente magro e raquítico. Tinha olhos cor de esmeralda e um sorriso sincero e bonito.

Conversando com o menino, Henry percebeu o quanto o garoto era inteligente e maduro para sua idade. No meio da conversa, Henry perguntou ao menino se gostaria de ser adotado, e se queria ir morar em uma cidade ao sul de Londres, em sua casa chamada Greystones.

O menino ficou muito entusiasmado e grato por alguém querer ser seu pai. Por ser um homem milionário na época, não precisou passar pelos vários trâmites exigidos para uma adoção.

Henry logo ficou sabendo que os pais de Michael tinham sido vítimas de um terrível acidente de trem e que o garoto não tinha nenhum parente vivo e foi mandado para lá. Era um menino triste, porém, muito inteligente e esforçado.

Michael era o seu nome, e havia dois anos que estava esperando ser adotado. Devido à sua idade, e à economia na Inglaterra em 1930, ninguém o queria.

— Todos preferem recém-nascidos. — Disse a madre superiora do orfanato.

— Não tenho problemas com idade. Não saberia cuidar de um recém-nascido, e como sou solteiro, penso que um garoto nestas condições seria o ideal. — Henry falou para a madre.

— Então não há problema em o senhor levar o menino. — Respondeu a madre, feliz por Michael ter encontrado um lar e ainda mais por ser Henry, uma pessoa que sabia ser de índole ilibada.

Henry providenciou toda a papelada e levou Michael para Greystones. Michael passou a se chamar Michael Edwards Evans, mantendo assim, o nome de batismo que seus pais haviam escolhido. Ao chegar em Greystones, Henry parou de frente para Michael e disse:

— Espero que você seja feliz em Greystones, Michael, eu jamais vou querer tomar o lugar de seu pai. Ele, onde estiver, estará olhando por você, e saberá que farei tudo para te fazer um homem feliz. — Henry falou olhando para Michael, que estava muito comovido e atento.

— Posso te chamar de papai? — Michael perguntou timidamente a Henry. — Tenho saudades de meus pais e queria muito poder dizer papai novamente.

— Claro! Claro! Você é um menino adorável e sei que um dia terei muito orgulho de você. — Henry respondeu.

— Então eu vou te fazer uma promessa papai. Jamais irei te decepcionar, e estarei sempre ao seu lado. — Michael falou com os olhos marejados de lágrimas. — Agradeço a confiança em mim. — Michael completou.

— Seja bem-vindo, meu filho. — Disse Henry emocionado abrindo os braços e dando um abraço fraternal a Michael, que chorava sendo consolado. Aquele menino tinha muita personalidade, e Henry compreendeu que o que ele disse era verdade. Ele jamais o decepcionaria.

E foi assim por toda a vida. Michael nunca fez nada para deixar Henry arrependido de tê-lo adotado. Michael foi um verdadeiro filho para Henry e ele o amava como tal.

Por mais que tentasse dormir, Michael não conseguia. As lembranças de seu pai o consumiam de maneira agonizante. Sentia falta de sua voz, sua risada e seu humor exagerado. Sentia falta de conversar com o pai e saber como estava, o que tinha feito e como tinha sido o seu mês. Michael rolou de um lado para o outro na cama por várias vezes, mas não conseguindo dormir, resolveu se levantar e ir até a cozinha tomar leite com mel.

Seu pai sempre dizia que um leite morno com mel era suficiente para uma boa noite de sono. Michael desceu pelas escadas em silêncio e viu que Amélia havia esquecido a luz acessa da cozinha.

Ao adentrar no cômodo, viu Adele sentada de pijama em cima da mesa, com os pés na cadeira, de costas para a porta. Ela usava pijama e não camisola e seus cabelos estavam soltos. Achou a cena linda, mas não disse nada. Para não a assustar, Michael tossiu e Adele olhou para ele.

— Desculpe te interromper, não sabia que você estava aqui. — Michael falou sem jeito.

— Não consegui dormir e vim tomar um pouco de leite morno com mel. — Os dois falaram ao mesmo tempo. Adele sorriu e Michael também.

— Papai sabia das coisas, há leite suficiente para dois? — ele perguntou olhando dentro da leiteira.

— Sim. Sente-se que eu vou te servir. — Adele falou já pegando uma xícara.

— Obrigado!

— Claro, querido! — Adele ficou concentrada na tarefa de colocar o mel e o leite e nem percebeu que Michael a observava. — Aqui. Toma tudo! — Ela falou olhando para ele e colocando a xícara fumegante a sua frente.

Adele se sentou de frente para Michael e eles tomaram seus leites em silêncio. Ela soprava o leite o tempo todo, e quando olhou para Michael ele estava sorrindo. — O quê? — perguntou Adele também sorrindo.

— Papai também gostava de soprar o leite. — respondeu Michael.

— Ah! nisso nós combinávamos. Eu gosto de tomar leite quente soprando e mamãe sempre dizia que era falta de educação, mas eu nunca liguei muito para etiquetas. — disse Adele.

— Você tem namorado? — Michael perguntou de supetão. Adele tossiu e se engasgou sem querer e tossiu novamente colocando a mão na boca. Michael levantou assustado para a socorrer e ela tossindo e rindo ao mesmo tempo, até sair lágrimas de seus olhos.

— Já estou melhor. — Falou levantando a mão e raspando a garganta.

— Foi tão assustador assim a minha pergunta? — Michael perguntou.

— Não! Claro que não! é que você foi bem direto e eu não estava esperando.

— Então há alguém?

— Não! não há ninguém em minha vida no momento. — Ela respondeu olhando para seu leite como se fosse a coisa mais interessante do mundo.

— E você? Tem alguém? — perguntou encarando-o.

— Não! Não tenho ninguém também. — Ficaram ambos em silêncio. Tomaram o leite devagar e ressabiados.

— Acho que vou tentar dormir. — Ela disse levantando-se e pegando a xícara para colocar na pia.

— Eu também vou. Pode deixar tudo aí mesmo, querida. Amanhã Amélia limpa.

— Tudo bem então. Vamos! — respondeu Adele. Michael levantou da cadeira e juntos eles saíram da cozinha. Adele podia sentir a tensão em Michael, pela proximidade com que andavam um ao lado do outro, quase se tocando.

— Chegamos!! — falou um pouco alto demais na porta do seu quarto. — Boa noite, Michael. — Adele se aproximou para dar um beijo em sua face. Michael virou o rosto e seus lábios tocaram os dela rapidamente. Ambos ficaram sem graça e começaram a rir de suas atrapalhadas. Sem ter ideia do que estava fazendo, Michael colocou a mão na cintura de Adele e a aproximou de seu peito, ele estava louco por aquela boca e quando olhou em seus olhos ele viu desejo e luxúria.

Sem se importar com as consequências vindouras ela se aproximou mais de Michael e abriu a boca, convidando Michael para um beijo.

Ele a apertou em seus braços e cobriu sua boca suavemente com a dele. Adele abriu mais a boca e suas línguas se encontraram. Michael começou a explorar sua boca em movimentos rápidos e sensuais, passou a língua em seus lábios.

Adele arrepiou da cabeça aos pés e encostou mais nele, sentido a rigidez entre suas pernas. Estava excitada e ofegante e Michael também. Se não parassem agora, iriam com certeza se arrepender.

— Para, Michael. — Adele disse já ofegante.

— Desculpe, me desculpe! — Michael respondeu ofegante e cambaleando.

— Não vá querido, vamos conversar.

Michael se afastou transtornado, levantou a mão e foi para seu quarto. Não olhou para trás. Sabia que se o fizesse não resistiria aos encantos de Adele.

Adele entrou para seu quarto ainda zonza de desejo e sem acreditar na atração que estava sentindo por ele.

Caindo em seus travesseiros, fechou os olhos e reviveu cada segundo daquele beijo e cada vez mais se sentia atraída por ele. *Ah! Michael! Espero que a gente não magoe um ao outro. Você é a última pessoa no mundo em quem eu odiaria não ter por perto.* Adele demorou a dormir pensando o quão bom aquele beijo foi.

III

— Bom dia Gerald! — falou Michael ao cruzar com o mordomo no grande corredor, onde situava seu espaçoso escritório.

— Bom dia, Senhor Michael. — Respondeu Gerald fazendo uma pequena reverência a Michael.

— A Senhorita Adele já se levantou?

— Sim, Sr. Michael. Ela está no salão terminando o café da manhã.

— Por favor, avise a ela que eu estarei no estábulo. Vou ajudar Jason com os cavalos. — Michael respondeu.

— Sim, senhor. Com licença. — Gerald saiu, e Michael se virou para deixar a grande casa, rumo aos estábulos.

Michael estava sem graça e não tinha dormido nada bem. Adele tinha mexido com seus sentimentos e ele não sabia como encará-la naquela manhã.

Ele poderia fingir que nada aconteceu ou encarar a situação de frente e esclarecer o ocorrido ou pedir desculpas e garantir que nada significou.

Na verdade, Michael não sabia como reagiria ao ver Adele naquela manhã, pois havia pensado naquele beijo até não ter mais como pensar. Teve uma noite tumultuada por pesadelos gostosos, onde se via agarrando Adele e fazendo amor com ela. Estava vulnerável naquele momento e sentia que havia ultrapassado um limite. Mas ao mesmo tempo, achava que nunca tinha provado uma boca tão doce e provocativa. Estava absorto em seus pensamentos ajudando Jason que nem viu Adele caminhando em sua direção.

Adele, como sempre, era prática e decidida e na primeira oportunidade falaria a Michael que tinha amado seu beijo e que não estava arrependida em nem um segundo de sua vida por tê-lo beijado. Deixaria claro que estava aberta a novos beijos e quem sabe mais coisas.

Adele nunca tinha ido as vias de fato com nenhum pretendente, não que se importasse de ser ou não virgem. Apenas estava esperando a pessoa certa para isso e ela com certeza achava que Michael seria essa pessoa. Estava muito atraída por ele.

Enquanto se aproximava do estábulo, viu Michael amarrar os arreios de sua égua preferida e ficou observando seus braços fortes e musculosos. Sentiu um arrepio de prazer e desejo e balançou a cabeça para esfriá-la.

— Bom dia Michael! — Adele falou toda alegre. — O dia está perfeito para uma cavalgada.

— Sim. É verdade. Bom dia, querida. — Michael respondeu sem olhar para ela. Concentrado no que estava fazendo.

— Como vai, Jason? — Adele cumprimentou simpática.

— Estou bem Senhorita Adele. Obrigado. Precisa ainda de mim, Sr. Michael?

— Não, Jason. Grato. — respondeu Michael. — Andaremos ao redor da propriedade e já olharei a plantação, como de costume quando estou aqui.

— Tudo bem Sr. Michael. Com licença. — Jason se despediu. Michael finalmente olhou para Adele

— Você está linda, querida! — ele disse surpreso. Adele usava uma calça de montaria cáqui, com botas de cano longo e uma camisa estilo masculino por fora da calça. Suas curvas se acentuavam ainda mais, devido a calça ser bem colada ao corpo, e Michael não ficou surpreso pelo corpo escultural dela.

— Vamos? — Michael perguntou.

— Você também não está nada mal... — respondeu Adele sorrindo, e já pegando no cabresto da égua Arista.

Michael vestia uma calça preta justa ao corpo, camisa branca e botas de montaria. Estava sexy e elegante.

— Circularemos a propriedade até você se cansar, deixarei o resto para que os outros empregados vejam.

— Não se preocupe comigo. Estou acostumada a cavalgar pelo parque em Londres, muitas vezes por horas.

— Está bem, mas se você se cansar, daremos meia volta, combinado? — Já montado em seu garanhão.

— Combinado — respondeu Adele. Montando na égua com grande maestria, mostrou a ele a grande amazona que era. Pôde perceber que Michael a olhava com grande orgulho.

— Que tal galoparmos um pouco? — Michael propôs animado.

—- Aceito! — E saiu em disparada fazendo Michael vir logo atrás, tentando alcançá-la. Adele ria de alegria e cada vez mais cutucava a égua para que ela fosse mais e mais rápido. Estava amando aquele contato com a natureza, o cabelo voando ao vento. Finalmente diminuiu o ritmo e Michael se emparelhou com ela.

— Você monta muito bem. Não esperava que pudesse estar tão em forma. — Michael disse com admiração na voz.

— Você se esquece que tive um bom instrutor? Tio Henry fazia questão de que eu fosse uma boa amazona e eu o agradeço por isso. Foi libertador galopar sem me preocupar com pedestres, em Londres tudo é mais difícil agora, o progresso avança rápido demais.

— Pois é. Também sinto isso quando vou a Londres. Por que ficamos tanto tempo sem nos ver, Adele?

— Apenas estávamos ocupados com nossos assuntos e acho que não fizemos questão de estarmos em contato. Quando mamãe faleceu você estava muito longe e não pôde vir e assim como todos os anos em que eu vinha visitar tio Henry com mamãe, era sempre muito corrido, e quando eu chegava você já havia partido, e quando eu partia você chegava. Apenas foi sem ser de propósito, eu acho. — respondeu Adele.

— Sim. Foi sem intenção mesmo. — Michael disse olhando ao seu redor.

A paisagem estava toda verde e exuberante como sempre. As plantações floresciam a todo vapor e Adele pôde notar que tudo aquilo tinha o amor do tio pela propriedade.

— É difícil imaginar tudo isso sem tio Henry — ela disse abatida.

— Adele... — Michael a chamou falando em um tom bem mais baixo.

— Sim... — respondeu olhando na direção de Michael.

— Gostaria de me desculpar por ontem à noite, acho que passei dos limites com você. — Ele a olhou de soslaio.

— Eu amei Michael. Não me arrependo... de... — inesperadamente, a égua dá um pinote e se inclina toda. Sem perceber, Adele cai no chão. — Ai... Ai...

— Adele!! — Michael gritou, descendo rapidamente de seu cavalo. — Você está bem? — Ele se ajoelhou ao seu lado e segurou a mão de Adele.

— Sim... Estou bem. — Adele respondeu. — Apenas não sei se torci o meu calcanhar.

— Deixe-me dar uma olhada. — Michael falou já pegando o tornozelo esquerdo de Adele. — Esse aqui?

— Sim... sim... Ai. Ai... por favor Michael, não mexa está doendo muito.

— Acho que não quebrou, mas você precisa de um médico. Vou suspendê-la e você voltará para casa comigo. Sua égua já está longe. Michael retirou delicadamente a bota de Adele.

— Mas o que aconteceu, Michael? — Adele perguntou, já se sentindo melhor.

Michael olhou ao redor e logo acima de uma casa de cupim estava uma cobra.

— Veja Adele! — Michael apontou para a cobra. Foi uma cobra que assustou a égua. Michael retirou sua pistola do coldre e deu um tiro certeiro na cobra matando-a na hora. — Pronto!

— Venha, querida. — Com muita facilidade, como se estivesse pegando uma pluma, Michael pegou Adele no colo e a colocou em seu garanhão. Logo em seguida se sentou atrás de Adele, segurando-a pela cintura. — Não se preocupe, eu não a deixaria cair por nada deste mundo. Confie em mim.

— Eu sei Michael, você jamais me machucaria, e eu confio em você. Estou com muita dor. — Adele falou encostando a cabeça no peito de Michael e sentindo as batidas do seu coração.

— Está confortável assim? Ainda temos uma boa cavalgada até em casa. — Falou Michael encostando a boca em seu ouvido. O cheiro que ela exalava levava Michael a loucura. Sem querer, Michael cheirou seu cabelo mais de uma vez.

— Está tão bom aqui, que eu poderia ficar assim por toda uma vida. — Adele respondeu chegando mais perto de Michael, se sentindo excitada.

Michael se controlava para não demostrar tudo o que estava sentindo. Arrepios na nuca, excitamento e urgência em beijar aquela boca carnuda e sensual. Sua ereção estava a ponto de explodir e Adele tinha total conhecimento disso e se esfregava provocativa em Michael. Sem aguentar mais por tanta tortura, Michael puxou a rédea do cavalo e parou.

— Adele querida, venha aqui. — Virando Adele na sela com uma maestria sem igual, Michael tomou Adele em seus braços e a beijou apaixonadamente e sem nenhum escrúpulo. Adele grudava em Michael como nunca e estava ofegante e quase passando para seu colo, se isso ainda fosse possível. A urgência de ambos foi se tornando tão visível que Michael poderia gozar ali mesmo e passar pela vergonha de não dar conta de se controlar.

— Michael... Michael... Eu amo você. — Adele sussurrou loucamente.

Michael continuou a explorar a boca de Adele, passando as mãos em suas costas para cima e para baixo. Sem aguentar mais, acabou puxando-a delicadamente e a passou para seu colo, ela abriu as pernas desesperada para mais e se não estivesse de calças compridas teria se entregado sem reservas a Michael.

Aquela tortura gostosa continuava cada vez mais e Adele se esfregava desavergonhadamente em Michael que já não conseguia mais se controlar.

Ambos estavam arfando.

— Pare! não podemos perder o controle dessa maneira. — Michael falou com a voz rouca e tirou Adele de seu colo delicadamente.

— Do que você tem medo Michael? — Adele questionou.

— Não somos parentes, embora tenhamos o mesmo sobrenome, você não é filho legitimo de tio Henry, o que nos impede de ficarmos juntos? Me diga? Você não me quer?

— Você é tudo o que eu mais quero, meu amor. — A voz de Michael era puro desejo e seus olhos estavam mais verdes do que nunca. — Mas não assim, em cima de um cavalo. Vamos para casa e conversaremos depois que o médico a examinar. — Michael viu a decepção nos olhos de Adele, mas não cedeu ao seu apelo. Nada daquilo estava certo e ele sabia disso. Jamais iria se aproveitar da inocência de Adele. Ambos ficaram juntinhos na toada do cavalo sem necessidades de palavras ou gestos. Michael conduzia o cavalo com maestria e conhecimento como quem tivesse vivido uma vida toda montado.

Adele estava tão exausta que acabou dormindo encostada no peito de Michael. Ele estava grato por isso. Só a presença dela já o tirava do controle.

Aproximando da casa, ele já viu Jason vir correndo, sabendo que tinha acontecido algo, uma vez que a égua Arista tinha voltado para casa sozinha.

— Tudo bem Sr. Michael? — perguntou o cocheiro.

— Mande Gerald chamar o médico imediatamente. Adele caiu da égua e penso ter machucado seriamente o tornozelo. Enquanto falava, Adele acordou e sentiu dores.

— Ai... Ai... — Adele se queixou.

— Venha! — falou delicadamente para ela, desmontando e estendendo os braços, retirando-a da sela.

— Eu consigo ir andando Michael, vou pulando com um pé só. — Protestou.

— De maneira alguma que irei deixá-la subir os degraus. De jeito nenhum, por favor, não discuta comigo.

— Gerald... Gerald! — Chamou Michael subindo os degraus da entrada com Adele no colo.

— O médico já está a caminho Sr. Michael. — Gerald falou assim que Michael olhou para ele.

— Chame Amélia, Gerald. Adele não poderá andar até segunda ordem.

— Não vamos exagerar, querido! Eu estou bem, apenas com uma dorzinha boba. — Adele recusava ajuda.

— Não seja teimosa querida. Vamos para o seu quarto. — Michael respondeu.

Sem ter outra alternativa, Adele passou os braços pelo pescoço de Michael e aproveitou aquela intimidade. O cheiro dele era delicioso e másculo. *Que homem!* Pensou Adele.

Já na porta do quarto, Amélia veio correndo com uma bandeja de água.

— Coloque ela na cama, Sr. Michael. — falou Amélia. — Depressa!

— Eu estou bem gente... Não há necessidade de médico. — Adele disse enquanto Michael a colocava na cama. — Amanhã mesmo já estarei andando.

— Nada disso, querida. Você ficará de repouso e vamos ver o que o Dr. John dirá. — Michael saiu do quarto para esperar o médico e Amélia ficou cuidando de Adele.

— Amélia, por favor, me ajude a ir até o banheiro. Preciso de um banho urgente, quero tirar essas calças que ficaram sujas com a minha queda.

Com muito cuidado e sentindo muitas dores, Adele conseguiu tomar banho, com a ajuda de Amélia, e estava limpa e se sentindo outra pessoa.

— Está se sentindo melhor, Senhorita Adele? — perguntou Amélia.

— Sim. Estou bem melhor agora que tirei toda a poeira de meu corpo, já posso receber o médico da família mais apresentável. — Adele riu de si mesma. Não queria acreditar que havia ficado tão distraída e caído da égua. *Aquela cobra maldita. Mas, teve suas vantagens...* Adele pensava com um sorriso no rosto. *Beijar Michael daquele jeito foi uma verdadeira surpresa.* Então estava claro que ele sentia atração por ela. Sim! Que outra explicação poderia haver para ele a colocar no colo e a beijar daquele jeito? Sim... Michael gostava dela, ela tinha certeza disso e ela o amava. Estava muito apaixonada.

O médico chegou.

Após examinar uma Adele manhosa e chorosa, o médico se levantou.

— E então Dr. John? — Michael questionou o médico quando ele acabou de examinar Adele.

— Ela está bem, não quebrou nada, e foi sorte não ter batido a cabeça, o tornozelo já está bem inchado, mas é normal. Caso tenha dores de cabeça me procure imediatamente, certo? — falou o médico olhando para Adele. — No mais, o tornozelo torceu mesmo e recomendo a tala e alguns dias sem colocar o pé no chão. Vou receitar remédio para dor, caso ela sinta dores e não consiga dormir.

-— Tudo bem, eu mesmo ficarei com ela. — Michael falou e todos ficaram calados, inclusive Adele. Quando o médico foi embora, Michael voltou ao quarto, mas Adele já estava dormindo um sono profundo e gostoso.

— Ela acabou pegando no sono, Sr. Michael — disse Amélia quase sussurrando.

— Vamos deixá-la dormir até a hora do almoço, ela comerá no quarto e na hora da leitura do testamento eu mesmo a carregarei até o escritório. — disse Michael — Por favor, peça a Gerald para levar a poltrona da sala de estar para o meu escritório e um banquinho onde ela possa colocar a perna para cima.

— Falarei com ele agora, Sr. Michael. Mais alguma coisa?

— Não. Tenho providências a serem tomadas antes que todos cheguem... Ah! Mande, por favor, alguém da cozinha para fazer companhia a Adele, caso ela acorde e precise de algo. Obrigado, Amélia.

— Vou falar com Magee para que fique aqui o tempo que for necessário. Com licença. — Amélia saiu e Michael sentou-se em uma cadeira para observar Adele. *Tão serena dormindo...* Ele pensou. Resolveu sair dali para não ter que olhar para tamanha beleza e para aquela boca vermelha e carnuda. *Ela era linda, meu Deus! Como ficou tão linda? Tão sensual?*

Michael deixou o quarto em silencio e foi para seu escritório. Havia muito a ser feito e ele não queria deixar nada para a última hora.

IV

Brian White Harris chegou pouco antes das 13:00 horas. Estava impecavelmente vestido, como sempre. Seus ternos eram confeccionados pelos melhores alfaiates de Londres.

White Harris era um advogado renomado. Vinte e oito anos, alto, com um metro e oitenta e sete, loiro, olhos azuis e de uma beleza ímpar, além de ser educado e muito prestativo. Era o segundo filho de Gerald e foi educado em um dos colégios mais renomados da Inglaterra.

Brian fez faculdade de Direito e era o grande orgulho da família Harris. Henry tinha garantido que o filho de seu mordomo, e seu afilhado, tivesse toda a educação que merecia. Desde que tinha se formado, com honras e glorias, ele passou a ser o advogado de Henry. Ele e Michael eram grandes amigos de infância.

Michael entrou no escritório.

— Brian... Que bom poder te rever depois de tudo isso. — Michael falou abraçando o amigo.

— Como você está meu amigo? — Brian perguntou retribuindo o abraço fraterno. — Desculpa por não ter vindo antes, foi simplesmente impossível.

— Não tem problema Brian... Eu "estou indo". Sinto muita falta de papai como bem sabe e ainda me culpo por não estar presente.

— Michael, eu já te disse que mesmo que você estivesse aqui, nada poderia ter feito, tio Henry, era como Brian o chamava, teve um infarto fulminante e não havia nada que pudéssemos fazer. O médico garantiu isso. Por favor, meu amigo, não se torture com isso.

— Ainda está muito recente, e eu me culpo. Sei que um dia isso vai passar.

— Estarei sempre aqui se precisar de um ombro amigo, sabe disso, certo? — Brian falou apoiando a mão no ombro de Michael, demostrando suporte.

— Eu sei, meu amigo. Obrigado!

— Adele já chegou? Faz anos que eu não a vejo, acho que tem uns doze anos ou mais. — Brian falou para Michael.

— Sim. Ela está no quarto. Infelizmente hoje, pela manhã, ao darmos uma cavalgada por Greystones, uma cobra assustou a égua que ela estava montando, e Adele caiu e torceu o tornozelo, mas Dr. John já veio aqui. Ela só precisa ficar quieta por alguns dias.

— Sei como é isso. Mas de resto está tudo bem? Não bateu com a cabeça?

— Está tudo bem. — Michael falou, tranquilizando o amigo.

— Então vamos esperar o testamenteiro e o tabelião chegarem e iniciaremos a leitura do testamento. — Brian falou.

— Vou ver se Adele precisa de alguma coisa, antes de iniciarmos. Por favor Brian, diga a Gerald para nos avisar quando estiver tudo preparado. Estarei no quarto com ela.

— Pode deixar. — respondeu Brian. Ele nem estava mais prestando atenção em Michael, olhando toda a papelada de que precisava para os últimos desejos de Henry Evans.

***

Michael bateu na porta do quarto.

— Entre. — Falou Adele.

— Como você está, minha querida? — Michael perguntou enquanto se aproximava de Adele, e sentava na cadeira mais próxima da cama.

— Estou bem, Michael. — Adele falou meigamente, olhando para ele intensamente.

— Ouça querida, o que aconteceu esta manhã jamais poderá se repetir. Mesmo não tendo o mesmo sangue, é errado nos envolvermos. Não abusarei mais de sua inocência.

— Mas... Michael... — começou Adele. Sem deixar que Adele continuasse, Michael colocou dois dedos na boca dela e balançou a cabeça em negativa. Para que ela não dissesse mais nada. — Tudo bem então. Não pense você que eu não tenha pretendentes e quem me queira. Já fui pedida em casamento inúmeras vezes. De hoje em diante seremos apenas amigos e espero voltar a Londres o mais rápido possível. — Adele respondeu.

Adele era muito orgulhosa para dar o braço a torcer que tinha ficado magoada com Michael. Se ele queria aquele tipo de jogo, então ela jogaria conforme fosse.

Não iria rastejar para Michael e nem para homem nenhum nesse mundo. Por mais que amasse Michael não iria dar esse gostinho a ele. — Eu entendo querida que você se sinta assim, mas é como será. — Michael falou com voz pesarosa.

— Não, meu querido! Eu te entendo. Fique tranquilo, eu nunca precisei brigar por homem nenhum e não será agora. Poderia por favor, me ajudar a ir lá pra baixo? — ela mudou de assunto como se nunca tivessem tido aquela conversa.

Michael achou muito estranho e até ficou ofendido por ela ter concordado tão prontamente sem lutar por ele. Mas já tinha se decidido e nada o faria voltar atrás. Os dois permaneceram em silêncio até que bateram à porta e foi anunciado que eles poderiam descer.

— Eu carregarei você até lá. Venha! — Michael estendeu os braços para ajudar Adele se levantar e a ergueu nos braços.

Adele nem por um momento se aproveitou para seduzi-lo e não virou o rosto para ele nem uma vez enquanto desciam as escadas. Permaneceu de rosto baixo o tempo todo. Ela tinha muita personalidade. Michael ficou aborrecido com essa atitude, mas não disse uma palavra sequer.

Ao entrar no escritório, ele colocou Adele na poltrona que já tinha sido reservada para ela.

— Está confortável assim? — ele perguntou enquanto colocava a perna do tornozelo torcido em cima do banquinho.

— Sim. Muito obrigada! — ela respondeu delicadamente. Evitou olhar para ele, e ao correr os olhos pelo grande escritório viu dois homens conversando. — Quem é aquele rapaz de cabelo loiro e alto, Michael? — Adele perguntou sem tirar os olhos de Brian.

Mesmo com extremo ciúmes por Adele estar perguntando do amigo, Michael foi educado e chamou Brian.

— Brian. Brian! — Você se lembra de Adele? — Brian saiu de onde estava e veio cumprimentar Adele. Levou um susto quando viu a bela jovem a sua frente, e Adele também se surpreendeu ao ver um moço tão lindo e com muito charme.

— Adele?

—- Brian!! Não me diga que é você, o filho de Gerald. — Adele estava sorrindo e estendeu a mão a Brian que a pegou, e se abaixou dando um beijo em sua bochecha um pouquinho mais demorado.

— Como você está querida? — Brian perguntou, ainda segurando a mão de Adele, agora com as duas mãos.

— Eu estou bem, se não fosse por esse incidente bobo. — Adele apontou com o queixo para o próprio pé, rindo boba.

— Você está linda, querida! — Brian falou se esquecendo completamente que Michael estava ao seu lado, e parecia que Adele também tinha se esquecido dele.

Antes mesmo que Adele pensasse em responder, Michael os interrompeu.

— Não está na hora da leitura do testamento Brian? — a voz de Michael estava irritada e impaciente.

— Com licença, querida. O dever me chama. Depois gostaria de conversar mais com você, pode ser?

— Claro! Claro! Será um prazer saber tudo sobre você e colocar a conversa em dia. — respondeu Adele.

— Está certo então. — Brian concordou. — Conversaremos depois.

— Pena Adele ter que ir tão logo para Londres. — Michael falou desafiante.

— Não! Não! Acho que ficarei mais um tempo aqui, até me recuperar totalmente de meu tornozelo. Teremos muito tempo para nos ver e colocar a conversa em dia, não é mesmo, Brian?

— Sim. Também pretendo passar uns dias aqui, mamãe fica muito feliz quando consigo um tempinho para ficar aqui em Greystones. — Brian estava flertando com Adele, e Adele estava encantada com ele.

— Vamos então... Acabar logo com isso? — Michael falou irritado e de cara fechada para os dois, especialmente Brian.

— Sim. Vou falar com o testamenteiro. — Brian respondeu olhando para Michael, sem entender o porquê de tanta pressa.

— Te vejo mais tarde, querido. — Adele falou dando um sorriso iluminado a Brian. Michael estava possesso de raiva e tinha vontade de esmurrar Brian por ser tão descarado. Flertar com Adele assim! na frente de todos, sem nenhum pudor!

Adele estava visivelmente encantada com Brian. E finalmente "caiu a ficha" para Michael. Ele tinha rejeitado Adele há poucos minutos, e ela estava flertando com Brian de propósito, para dar uma lição em Michael, e por incrível que pareça, estava funcionando.

— Você parece encantada por Brian! — Michael falou aborrecido.

— Realmente Michael, eu não esperava que o Brian se tornasse um homem tão lindo e másculo. — Adele falou sem tirar os olhos de Brian, e quando Michael acompanhou o seu olhar, viu que Brian tinha olhado para ela e dado uma piscadinha e sorrido.

— Adele! Você poderia pelo menos disfarçar esse descaramento que vocês dois estão? — Michael falou sério.

— Ora... Ora... Alguém está com ciúmes? É isso? — ela falou sorrindo.

— Nada disso. Só penso que vocês flertarem assim é extremamente errado.

— E por que seria errado, Michael? Pelo que eu sei, eu não tenho compromisso com ninguém, e Brian também parece não estar comprometido. Não vejo por que não podemos nos conhecer melhor. — Adele falava com grande entusiasmo, pois sabia que estava afetando Michael.

— Faça como achar melhor. Com licença. — Michael saiu batendo o pé, deixando Adele sozinha com um sorriso de triunfo no rosto.

V

— Como todos aqui presentes sabem, eu sou o inventariante, além de advogado do Senhor Henry Evans. Juntamente com o tabelião e o testamenteiro, vamos começar a leitura de sua última vontade. Podemos começar, senhores? — Brian perguntou aos interessados.

Todos afirmaram com a cabeça.

— O Sr. Henry era um homem bilionário, e como tal, deixou muitos bens, móveis e imóveis. Quando comecei a advogar para tio Henry o testamento já havia sido feito. Como seu advogado, eu fui convocado por ele, para quando de sua morte, ser o inventariante. — Disse Brian — Quero deixar claro que não fiz parte desse testamento, pois tio Henry já o havia escrito e lavrado em cartório.

— Eu sou testemunha disso, Brian. — Michael falou de sua cadeira.

— Pois bem, vamos abrir. — Brian começou a ler o testamento.

"Eu, Henry Evans, em pleno uso de minhas faculdades mentais...

Deixo para meu único e amado filho Michael Edwards Evans todas as minhas propriedades, exceto as que serão doadas às pessoas específicas, todos os meus imóveis da Inglaterra, Estados Unidos, França e Escócia. Todas as minhas obras de artes que estão em minhas propriedades. Todas as joias que foram adquiridas ao longo da minha vida, todo o montante em dinheiro que tenho no Banco de Londres e nos outros três bancos, também em Londres. Minhas cinco empresas espalhadas pela Europa e Estados Unidos ficam para Michael. "Sei que você cuidará delas, meu filho."

Para Gerald Harris e Amélia White Harris, deixo minha casa em Brighton, situada no centro e tudo que nela contém. Também há uma soma de cem mil libras para cada um de vocês em agradecimento por toda dedicação e amizade a mim dispensados.

"Queridos, se puderem fiquem com meu filho, ele precisará de vocês."

Para meu afilhado e agora advogado da família, Brian White Harris, deixo duas casas: Uma casa em Brighton, na rua Victory e a casa de Londres, em Notting Hill. Também tem em seu nome a quantia de quinhentas mil Libras. "para você filho, começar sua vida e não ter problemas futuros". Faça bom uso." Também quero que Brian tome conta de todas as doações aos orfanatos que sempre fiz. Se Michael concordar, gostaria de continuar doando aos orfanatos a mesma quantia que doei a minha vida toda com acréscimo de 10% todo o início de ano".

Deixo para Adele Evans Green e Michael Edwards Evans, as duas pessoas que mais amei nesta vida, eu lhes deixo Greystones, e tudo que nela contém. "Espero que vocês dois possam usufruir dessa propriedade e serem felizes como eu fui". Também deixo para Adele toda a minha coleção de livros em minha biblioteca.

Aos outros empregados, um legado de [...]

Foi lido item por item, empregado por empregado, e após três horas de leitura todos sabiam que estavam ricos, ou pelo menos perto disso.

"Henry Evans deixa como herdeiro legitimo apenas seu filho Michael Edwards Evans".

Todos os presentes que estavam no escritório ficaram em completo silêncio. Henry tinha sido generoso com todos eles e muito mais que isso, provou ser um homem honrado e grato. Todos estavam estarrecidos por ter recebido vultosas quantias em dinheiro. Gerald, Amélia, e Brian não esperavam fazer parte do testamento. Estavam mais que gratos por tamanha generosidade de Henry.

Brian da noite para o dia tinha se tornado um homem rico, se quisesse nunca mais precisaria trabalhar na vida.

Michael se tornou um bilionário.

Adele não podia acreditar que tinha herdado metade de Greystones, a casa que ela tanto amava. Precisava conversar com Michael sobre isso. Talvez ele não quisesse a casa, ou não quisesse que Greystones pertencesse a ela. Adele jamais brigaria com Michael para ficar com a casa.

Michael, por outro lado, não imaginava o que Adele gostaria de fazer com Greystones. Metade de tudo agora seria dela também, Michael também jamais afrontaria Adele, o que quer que ela resolvesse, assim seria.

O murmurinho começou a tomar parte do ambiente e todos os beneficiários empregados queriam saber o quanto tinham herdado. Brian ficaria muito tempo ocupado com todos eles.

Adele estava exausta e queria sair daquele escritório o mais rápido possível. Procurou Michael com os olhos e o viu sentado olhando para ela. Seus olhos se encontraram e se encheram de lágrimas. Ambos estavam tristes. Ambos estavam chorando. Sem dizer uma palavra, Michael se levantou e tomou Adele nos braços.

Adele se aconchegou nele e soluçou. Ele apertou Adele em seus braços contra o seu peito e saíram do escritório.

— Gostaria de se sentar no jardim um pouco? Pedirei a Amélia pra trazer um chá e torradas para nós, o sol a esta hora estará bem alto, você não ficará incomodada com a claridade. — Michael falava baixinho em seu ouvido e carinhosamente.

— Sim. Você me faria companhia? Estou me sentindo tão sozinha Michael. — Adele tornou a soluçar e Michael a abraçou com mais intensidade.

— Não fique assim querida. — Michael falou beijando sua cabeça.

Adele se agarrou a Michael até chegar ao banco do jardim. Havia uma grande mesa com um banco de cada lado e Michael colocou Adele ali.

— Vou avisar Amélia para que ela traga o chá. Já volto. — Michael saiu apressado. Adele continuou chorando e quando viu Michael se aproximando, limpou os olhos com seu lencinho branco bordado com suas iniciais.

Michael se sentou ao lado de Adele e passou o braço sobre seus ombros abraçando-a. Ficaram os dois em completo silêncio até Adele resolver falar.

— Tio Henry era um homem exemplar, Michael. — Adele estava muito comovida. — Ele não precisava deixar nada para ninguém, mas, mesmo assim todos foram beneficiados.

— Sim. Papai era um homem admirável. — Michael falava com a voz embargada de dor. — Lembro-me da primeira vez que cheguei aqui. Sabe o que ele me disse?

— Não.

— Que jamais tomaria o lugar de meu pai. Que meu pai seria sempre meu pai e ele seria um segundo pai. Ele foi mais que um pai para mim Adele, ele foi um amigo, um companheiro. Em todos esses anos, sabia que nunca discutimos? Papai nunca me deixou sofrer por nada, sempre me sentava de frente para ele e conversava horas comigo. Tenho muito orgulho de ter sido seu filho. Michael começou a chorar e Adele o abraçou profundamente, deixando que toda lágrima fosse derramada.

Amélia apareceu e deixou o chá com torradas sobre a mesa, mas nenhum dos dois a viu ou ouviu. Estavam ambos tristes e se consolando.

Michael se desvencilhou do abraço e olhou para Adele. Adele estava com o rosto banhado em lágrimas e sem pensar muito, Michael pegou o rosto de Adele com as duas mãos e foi beijando cada gota de suas lágrimas, beijou todo o rosto dela limpando suas lágrimas com os lábios e quando chegou perto da boca, ambos se olharam e bem devagar foram tocando os lábios um do outro. Michael era carinhoso e Adele tinha lábios de pêssego. Sem resistir por mais tempo, Michael tomou a boca de Adele primeiramente com doçura para depois se transformar em urgência.

Michael queria sugar todas as energias de Adele e queria tirar aquele sofrimento que ela estava sentindo. Quanto mais a beijava mais Adele correspondia ao beijo e ambos ficaram assim por um bom tempo, até que Michael se afastou e abraçou Adele.

Não havia necessidade de palavras. Ambos se consolavam somente por estarem unidos.

Michael abraçou Adele com ternura e passava as mãos em suas costas. Adele encostou seu rosto nos ombros fortes de Michael e fechou os olhos.

— Você quer tomar o chá agora? — Michael perguntou ainda a abraçando.

— Sim. Por favor. — Adele pegou seu lencinho e enxugou suas lágrimas.

— Aqui, querida. Tome um pouco de chá que fará bem a você.

— O que você quer fazer quanto a Greystones? — Adele perguntou emotiva.

— Como assim? — Michael perguntou baixinho. — Aqui é seu também Adele.

— Eu sei querido, mas não quero atrapalhar você futuramente, acho que nenhuma mulher entenderá a nossa amizade. Isso poderá se tornar um problema sério. — respondeu Adele.

— Não para mim. — Michael falou afastando-se de Adele. — Não pretendo ter ninguém em minha vida. Como você sabe.

Adele abaixou a cabeça e remexeu em seu lencinho úmido pelas lágrimas.

— Se você não se importar eu gostaria de passar alguns dias em Greystones. Estou muito só em Londres e os ares daqui podem me inspirar a escrever novos livros. Isso incomodaria você? — Adele perguntou.

— Claro que não, minha querida! Será um prazer tê-la aqui. E agora, Greystones é sua casa também.

— Obrigada Michael. Assim que puder andar, eu irei a Londres resolver algumas coisas, e passarei uma estação aqui. Depois pensarei no que fazer. É certo que eu jamais venderia essa mansão. Essa casa é a alma de tio Henry e eu jamais a passaria para um estranho. — Enquanto falava, Adele olhava toda a extensão do gramado bem cuidado.

— Sim, sim... Concordo com você. De minha parte, pode ficar certa que nós a preservaremos. — Michael respondeu, também olhando ao redor da mansão.

— Você está bem? — Adele perguntou olhando para ele.

— Estou ainda estarrecido. Acho que perderei Gerald e Amélia, e será mais um sofrimento para mim. Eles não precisam mais trabalhar, papai os deixou muito bem, com muito dinheiro.

— Sim. Tio Henry foi muito generoso com todos nós. — Ela respondeu.

— Adele... — Michael falou, pegando nas duas mãos dela, quase que para si mesmo. — Eu não preciso de nada disso, você bem sabe. Tenho muito dinheiro e nada disso me importa. — Michael a olhava intensamente. — O meu bem mais precioso está aqui, sentada ao meu lado. — Michael falou com toda emoção de seu coração para Adele.

— Oh Michael! Eu amo você. Você sabe disso, não é mesmo? — Adele olhava para Michael com paixão.

— Sim querida, eu sei. — Michael levou as mãos de Adele aos lábios. — Eu também amo você, mas não acho certo ficarmos juntos. Aos olhos da sociedade, somos quase irmãos. Não sei como resolver isso. — Michael parecia desesperado e angustiado.

— Não vamos pensar nisso agora querido, vamos dar tempo ao tempo. Sempre estarei ao seu lado e sei que você sempre irá me proteger.

— Sempre, querida... sempre... — Michael a beijou novamente por um longo tempo. Ficaram sentados ora se abraçando, ora beijando, mas sempre juntinhos se abraçando.

Adele já tinha terminado seu chá e estava cansada. Por isso, pediu Michael que a ajudasse a ir para seu quarto.

— Não precisa me carregar Michael, apenas me ajude, eu posso andar com apenas um pé. — Adele disse.

— E perder a chance de tê-la em meus braços? — Michael falou com um sorriso fraco. Não vamos discutir isso, Adele. Venha! — Michael pegou Adele em seus braços e ela o abraçou, sentindo todo o amor que tinha por ele.

— Pronto! Descanse um pouco até a hora do jantar. Hoje foi um dia agitado para todos nós. — Ele a deixou na cama e ela o puxou para que eles pudessem se beijar. Sem resistir aquela boca vermelha e carnuda, Michael beijou Adele como nunca, e os dois sabiam que se amavam profundamente.

— Michael... — Chamou Adele com paixão. Venha para minha cama mais tarde. Ficaremos juntos. Somente por essa noite, por favor, Michael. — Adele era puro desejo e inocência, e Michael não saberia como iria resistir a isso.

— Combinamos de dar tempo ao tempo, lembra? Então... não vamos nos precipitar. — Michael disse.

— Tá bom. Talvez você tenha razão. Até mais tarde querido. — Adele deu as costas para Michael e fechou os olhos. Queria pensar em tudo aquilo, naquele turbilhão de sentimentos que estava sentindo. Amava Michael e tinha certeza que Michael a amava também.

Tinha uma vaga ideia de que enfrentariam muitos olhares reprovadores, mas qual o problema? Eles eram adultos e podiam se casar se quisessem. De uma coisa Adele tinha certeza: Ela iria lutar por Michael. Michael seria seu marido e pai de seus filhos. Com esse pensamento, Adele fechou os olhos e dormiu profundamente.

VI

Jonathan Andres Jackson era um homem muito ruim e não tinha nenhum escrúpulo. Era filho único, e seu pai o expulsou de casa aos dezoito anos. Mesmo com os muitos protestos de sua mãe, o pai não quis saber. Era um filho problemático que bebia, mexia com drogas, usava e traficava e andava com pessoas de índole muito baixa. Sua mãe era Anna Andres Jackson e tinha passado a maior parte de sua vida defendendo Jonathan do pai.

Para Jonathan, seu pai era um escroto que só queria se aproveitar da mãe e não pensou duas vezes em armar uma armadilha para eliminá-lo.

Não tinha o mínimo de afeição por seu pai e não se importou de tirar sua vida com a faca de cozinha. Agora era apenas Jonathan e sua mãe. Ela com sessenta anos, e ele com quarenta e dois anos.

Jonathan soube da morte de Henry Evans, por um jornal na taverna de Charlie e agora era hora de tentar fazer o que a burra de sua mãe nunca fez, pegar a grana do velho. Ao chegar em casa naquela tarde, ele falou para sua mãe.

— Mãe, você sabe que o velho bateu as botas, né? — perguntou ele.

— Meu filho, não fale assim. O nome dele é Henry e ele foi muito bom para mim.

— Então, por que diabos você não ficou com o velho rico, ao invés de ter me dado um pai tão inútil? Hein?

— As coisas eram diferentes, Nathan — a mãe falou usando o apelido carinhoso com que sempre chamava o filho.

— Chega desse papo furado de classe social. Você sabe que foi uma completa idiota, certo? Largar um velho rico por aquele traste.

— Jonathan não fale assim do seu pai. — Sua mãe estava brava.

— Deixa pra lá, eu vou resolver isso sozinho, já que você foi uma boba. Pode deixar. — Jonathan saiu de casa batendo a porta e Anna começou a chorar. Ela não daria conta de Jonathan e sabia disso, ele tinha muito rancor, raiva e ódio dentro dele e não havia nada que ela pudesse fazer. Anna fechou os olhos e pensou em seu grande amor, Henry. Como seria bom ter vivido a vida com ele, mas ela foi mesmo uma completa idiota.

Ao conhecer Harold, achou que estava apaixonada e fugiu com ele. Foram para a França e ele acabou com todas as economias de Anna em jogos e mulherada. Ela ficou sem nada e ainda com uma criança para sustentar.

Como Harold nunca foi de trabalhar, ela teve que se virar e arrumar empregos de empregada doméstica o que foi com muito esforço, por conta da grande depressão econômica em 1930 na França.

Anna sofreu muito nas mãos de Harold, e chorava o tempo todo, lamentando ter acreditado nele. Depois que o filho foi expulso de casa pelo marido, Anna deixou Harold e foi para Leeds, ao norte de Londres.

Harold descobriu seu paradeiro e foi atrás dela, e não admitia Jonathan na casa. Anna sabia que Nathan tinha "dado um jeito" no pai, e não o culpava por isso. O menino tinha sido muito maltratado, e espancado por toda a sua vida.

Em um dos momentos bons, Anna fez a besteira de contar a Jonathan de seu envolvimento com Henry, e virou uma obsessão para o filho. Ele queria porque queria ser filho de Henry, e queria que ela o admitisse. Mas Anna era muito honesta para isso e jamais mentiria para Henry. Nunca tinha se esquecido de Henry, e lamentava ter se envolvido com Harold, que era um empregado em Greystones.

Harold acabou convencendo Anna de fugir com ele, alegando amor e toda felicidade. Anna por não estar à altura de Henry, acreditou em Harold, e uma noite os dois fugiram. Logo depois de estarem juntos, Anna engravidou e tudo mudou. Harold não queria um filho e passou a beber muito e Anna se arrependeu de ter largado sua vida confortável em Greystones e ter ido embora com Harold.

Anna nunca pediu ajuda a Henry. Seu filho estava com 30 anos quando Harold morreu, e desde então ele se tornou um filho vagabundo, que não estudava e nem trabalhava, e puxou ao pai em tudo.

Por mais que Anna conversasse, desse carinho e amor a Nathan, ele não se importava. Era um ser revoltado, egoísta e ambicioso. Anna tinha muito medo do que se passava na cabeça do filho e o que ele poderia fazer para conseguir dinheiro. Ela precisava avisar urgentemente ao filho de Henry que tomasse cuidado com Jonathan. Henry foi muito bom para Anna. Todos os anos no natal, Henry depositava uma grande quantia de dinheiro em sua conta, como presente de natal. Se ela não tivesse contado a Harold sobre o dinheiro, hoje ela teria uma velhice tranquila, mas foi iludida e acreditou no marido. Ele dizia que iria investir o dinheiro, e acabou com tudo em jogos fazendo apostas, e mulheres.

Após ficarem na miséria, ele começou a maltratar Anna. Batia nela e no filho, e Jonathan cresceu sem nenhuma moral, como o pai. Anna sabia que Jonathan iria atrás do filho de Henry e algo precisava ser feito, ela sairia de Leeds e iria até Greystones para conversar com alguém.

Sabia que Gerald ainda estava lá e Amélia também. Eles a conheciam e sabiam do amor que Henry tinha por ela, isso talvez daria certo.

Anna fez a sua cama e resolveu ir dormir. Antes disso ficou muito tempo pensando em Henry e o quanto tinha perdido. Chorou muito até adormecer.

Jonathan e seu amigo Peter resolveram se divertir naquela noite. Como não tinham dinheiro nenhum, ficaram escondidos atrás de um muro alto, e na primeira oportunidade assaltariam um alguém que estivesse andando. A noite estava escura e eles ficaram escondidos por duas horas, até que apareceu um senhor mais velho, carregando algo nas mãos.

— Você o pega por trás e eu enfio as mãos no bolso dele. — Jonathan falou para Peter.

— Está bom. Agora!

Sem perceber que havia pessoas escondidas nas sombras do muro, o senhor passou tranquilamente, foi pego de surpresa, e não teve tempo para gritar ou reagir. Quando deu por si, os ladrões já estavam longe. Ficou sem o relógio de pulso, carteira, e todo o dinheiro. Todos os remédios que havia comprado para sua esposa, estavam esparramados no chão e alguns vidros haviam quebrado e o líquido estava todo derramado.

Ficou atômico com tamanha violência que estava se tornando Leeds. Uma cidade tão pacata... Saiu triste da rua e voltou para sua casa. Nada poderia fazer aquela hora da noite. Nem dinheiro tinha mais, estava no banco, teria que deixar o remédio para o outro dia.

Os dois amigos chegaram ao bordel e foi logo pedindo uma garrafa de Whisky e duas prostitutas. Pagaram adiantados, e foram se divertir. Também compraram drogas para eles e as garotas.

Jonathan chegou em casa amanhecendo o dia e estava totalmente bêbado. Foi direto para o quarto e bateu a porta. Anna se assustou com a batida da porta, mas não foi falar com o filho. Não adiantaria, ele estava fora de si.

Anna levantou depois de uma hora e foi se arrumar para o trabalho. Falaria com a patroa que iria faltar ao trabalho no sábado, pois teria que ir ao enterro da irmã, em Brighton.

Anna teria que mentir, para que fosse possível viajar sem levantar suspeitas. Na sexta-feira, Anna foi a feira e estava fazendo bastante comida para deixar para o filho passar o fim de semana. Jonathan entrou na cozinha.

— Para que tanta comida? — ele já perguntou desconfiado.

— Nada filho. A patroa quer que eu trabalhe o fim de semana e eu não estarei aqui, ficarei na mansão, mas vou deixar tudo pronto para você. Jonathan não era bobo e sabia que a mãe estava aprontando alguma coisa. Mas ele era esperto e iria ficar de olho nela.

No sábado de manhã, Anna levantou bem cedo e pegou somente uma mala pequena com roupas, iria a Brighton e falaria com o filho de Henry.

Saiu de fininho para não acordar o filho. Jonathan já estava acordado e alerta, assim que a mãe saiu de casa ele a seguiu. Ao ver a mãe seguir para a estação foi atrás para ver onde ela estava pensando em ir.

Anna chegou antes das 6:00 horas da manhã na estação de trem.

— Por favor, uma passagem para Brighton para às 6. — Falou ao cobrador.

— Onde você pensa que vai? — Anna deu um pulo para trás e viu Jonathan ao seu lado. Anna não conseguia nem falar de tão assustada que ela estava.

— Eu.... eu...

— Ela não quer mais a passagem, pode deixar. — Jonathan falou para o cobrador. — Vamos para casa MAMÃE. O que você pensa que está fazendo? Hein?

Jonathan estava lívido de raiva, e naquele momento, Anna sabia que ele seria capaz de qualquer coisa.

— Meu filho, eu só vou visitar alguns amigos em Brighton, eu não posso?

— NÃO! — Ele gritou. — NÃO PODE. ENTENDEU? O que você quer é avisar ao reizinho, que tem tudo, que eu existo. Ah... mas isso eu não vou deixar de jeito nenhum. Você ficará presa em casa, enquanto eu vou lá tomar o que é meu de direito e ficarei quanto tempo for preciso.

— Nathan, meu filho, você está fora de si. Você não tem direito a nada Nathan. — Anna estava desesperada.

— Tenho direito sim. O cara te usou por tanto tempo, como empregada e amante dele e você não tem direito? Que conversa fiada é essa? De jeito nenhum que eu vou ficar sem nada.

— Mas... Nathan — sua mãe implorava para ele parar.

— Vamos... vamos... depressa! Ainda tenho que passar na casa do inútil do Peter para te deixar com ele, ele tem que te vigiar para eu poder agir. — Ana nada poderia fazer. Apenas rezaria para tudo desse certo e o filho de Henry desconfiasse de Jonathan. Ela estava com os pés e as mãos atadas.

— Me perdoe querido Henry. — Anna falou baixinho para Jonathan não ouvir.

Jonathan foi arrastando Anna como se fosse um saco de batatas e não adiantava nada os seus protestos. Quanto mais Anna implorava, com mais raiva Jonathan ficava. De súbito, ele parou segurando o braço da mãe com força.

— Olha aqui sua... sua... deixa pra lá. Presta bem atenção, porque eu não vou repetir, eu não vou ser um miserável na vida, enquanto aquele filhinho de papai vive no bem bom. Você tem todos os direitos, dormiu com o velho por anos e nunca, NUNCA, entendeu? Recebeu nada em troca. Agora é a hora de eu reivindicar meus direitos. — Nathan disse.

— Mas filho... — implorava Anna.

— Cala a boca... Cala a boca. Você vai fazer o que eu mandar, porque se não vai acabar igualzinho o velho inútil que dizia ser meu pai, ENTENDEU? — gritou Jonathan bem alto. Anna ficou com muito medo e ficou calada o tempo todo, rezando para Jonathan criar juízo e deixar aquilo de lado. Ele estava com muita raiva, e falava o tempo todo. — Aquele inútil, eu tive que dar um jeito nele. — Ria tão alto que Anna deu graças a Deus ser tão cedo para ninguém ver aquela cena deprimente.

Anna começou a chorar, baixinho. Não podia acreditar que seu filho, tivesse matado o próprio pai.

VII

O jantar foi tumultuado naquele dia. Todos os empregados estavam eufóricos com suas somas vultosas que tinham herdado do patrão. Henry não economizou com ninguém, deixando claro a gratidão e apreço por todos que o serviram ao longo da vida. Até mesmo empregados que estavam em Greystones a menos de um ano, foram beneficiados e todos estavam felizes e tristes ao mesmo tempo.

Gerald pediu desculpas pelo comportamento dos serviçais e Michael não disse nada, apenas balançou a cabeça em sinal de que compreendia.

— Vamos nos sentar após o jantar na sala de estar. — Michael avisou a Gerald.

— E você está bem acomodado em Londres, Brian? — perguntou Adele.

Todas as vezes que Michael e Brian estavam em Greystones eles almoçavam ou jantavam juntos. Eram amigos e queriam desfrutar dessa amizade, já que ambos eram super ocupados.

— Sim. Eu tenho um escritório no centro e tenho muitos clientes. Graças ao tio Henry! — Brian disse animado.

— Fico muito feliz por você, Brian. — Michael falou e Adele concordou.

— Você espera ficar muitos dias em Greystones? — Adele perguntou encarando Brian.

— Eu gostaria muito minha querida, mas parto amanhã cedo. Tenho várias providências para tomar que não poderão ser adiadas, infelizmente. — Brian a olhava intensamente. Adele apenas abaixou a cabeça sem dizer nada. Sabia que Michael estava de olho nos dois e não queria mais fazer ciúmes nele.

— Eu também aspiro ir a Londres assim que tirar essa tala. Tenho várias coisas a serem resolvidas antes de voltar.

— Podemos nos encontrar lá? — perguntou Brian um pouco ansioso demais. Michael prendeu a respiração e encarou Adele. Sem olhar para Michael, Adele parou com a colher no ar, antes de chegar aos lábios, tomou a sopa e disse a Brian.

— Temo que não terei tempo para dispor de sua companhia, mas agradeço. — Adele soube responder com classe, e continuou a tomar sua sopa como se não estivesse sob os olhares de dois grandes, lindos homens. Um loiro e um moreno.

Michael não disse uma palavra sequer, e Adele viu que ele deu um suspiro de alívio, que não passou despercebido por Brian ou Adele.

— Você está bem, amigo? — perguntou Brian, sempre solícito.

— Sim. Estou bem, obrigado!

Após o jantar, foram os três para a sala de estar tomar licor e conversar sobre tudo. Após Brian se despedir e agradecer o jantar a Michael e Adele, ele avisou que iria passar um tempinho com seus pais antes de retornar a Londres, na manhã seguinte. Michael e Adele se sentaram no sofá de couro e deram as mãos um ao outro. Adele encostou sua cabeça no ombro de Michael e ali ficaram calados.

— Ainda precisa de mim Sr. Michael? — Gerald perguntou, se aproximando.

— Não, Gerald. Obrigado. Vá para casa ficar um pouco com Brian.

— Boa noite, Sr. Michael, Senhorita Adele. — Gerald fez uma reverência e saiu.

— Não consigo imaginar Greystones sem Gerald e Amélia. Você consegue, Michael? — Adele perguntou, virando de frente para Michael no sofá.

— Não consigo imaginar também — ele falou cabisbaixo. Adele colocou as duas mãos entre as mãos de Michael e ele a encarou. Olhou para todo o seu rosto e parou na boca carnuda e vermelha.

Ele a puxou para si. O beijo foi molhado e cheio de desejos. Eles se abraçaram enquanto um explorava os lábios do outro e aquela urgência de ficarem juntos voltou com toda força.

Adele se afastou dos lábios de Michael e disse com a voz rouca:

— Vamos para o seu quarto ou o meu? — Ela foi se levantando e puxando Michael devagar pela mão. Sem resistir aos encantos de Adele, e sem medir as consequências vindouras, eles subiram apressados as escadas para o segundo andar. Ao passar pelo quarto de Adele, Michael parou de andar e abriu a porta para ambos entrarem. Mal fecharam a porta, e Michael já estava beijando Adele desesperadamente, e ela não queria mais esperar por nada. Queria Michael mais que tudo em sua vida.

— Querida! — Michael falava sem tirar a boca dele da dela, beijando e mordendo seus lábios, sugando como nunca. — Você tem certeza?

— Sim, meu amor, eu tenho certeza. Eu te amo, e te quero mais que tudo. Venha... venha... vamos para a cama. — Sem esperar por um segundo chamado, Michael deitou e Adele deitou em cima dele. Eles se beijavam e se esfregavam feitos loucos. Michael conseguiu se livrar das botas, calças e camisas com bastante rapidez.

— Maldito vestido. — Adele disse meigamente, se enrolando com seu vestido. — Por Deus Michael, me ajude! Estou toda atrapalhada. — Falou sorrindo, e ambos começaram a rir e a se beijar e Michael ajudou Adele a ficar somente de combinação.

Michael estava muito excitado por ter Adele seminua junto a si, e começou a beijar todo o pescoço e foi descendo as mãos pelas costas de Adele e ela sentia arrepios da cabeça aos pés.

Adele não saberia dizer quando ficou totalmente nua e Michael também, mas a sensação de pele com pele era muito gostosa e ela estava adorando aquilo tudo. Nunca tinha visto um homem totalmente nu, e quanto mais se aninhava a Michael, mais excitada ficava.

Michael era carinhoso e romântico o tempo todo, e Adele queria cada vez mais. De uma só vez e rápido, Michael virou Adele e a cobriu com seu corpo e a beijou carinhosamente, explorando sua boca devagar e sensualmente. Adele gemia de prazer nos braços de Michael que era muito experiente. Michael foi descendo devagar e beijando todo o pescoço de Adele até chegar aos seus seios fartos e duros.

Michael chupava os seios de Adele e cada lambida que dava Adele se contorcia de prazer e desejo, seus seios estavam rígidos de prazer. Michael estava pronto e Adele também, bem devagar Michael foi abrindo as pernas de Adele com o joelho e logo estava encaixado no meio. Sentiu a tensão em Adele e perguntou:

— Você já fez isso, certo? — A voz de Michael era rouca e apaixonada.

— Não, meu amor, eu estava me guardando somente para você. — Ela falou excitada e molhada. Michael parou e olhou para ela cheio de desejo.

— Você tem certeza disso?

— De novo, Michael? — Adele estava aborrecida e começou a querer sair, mas Michael a segurou e recomeçou a beijá-la.

— Eu te amo muito, Adele. Vem aqui, meu amor. Eu quero te amar para sempre e sempre. — Michael disse, cobrindo Adele de beijos e carinho por todo o seu corpo, beijando cada pedacinho dela. Sem aguentar mais, eles se envolveram e Michael penetrou Adele com amor e paixão. Adele era virgem e soltou um gritinho tímido o que fez Michael parar assim que Adele gemeu.

— Continue Michael... Não pare. — Adele estava ofegante e fogosa e Michael não resistindo mais, consumiu o ato. Ambos gozaram juntos e estavam arfando de desejo.

— Ai... Ai... — respirando com dificuldade, ambos se abraçaram e Michael beijou Adele na testa.

— Eu te amo, querida! Quero você ao meu lado até o fim dos meus dias. — Michael a abraçava, e ela se aconchegava cada vez mais nele, com amor.

— Obrigada Michael... meu amor. Obrigada por ser você. — Adele estava muito emocionada, e Michael a beijou até ambos ficarem exaustos e dormirem um nos braços do outro. Adele acordou assustada e viu que o dia ainda não tinha raiado, e olhou ao seu lado e viu Michael. Ele estava sereno e com o semblante feliz.

— Eu amo você! — Ela sussurrou, acariciando a sobrancelha dele com o dedo. — Serei sua sempre... — e com essa promessa ela segurou a mão de Michael e voltou a dormir.

Adele acordou de costas para Michael e ele acariciando suas partes intimas, estava tão gostoso que ela fingiu estar dormindo para que Michael não parasse. Sem resistir por mais tempo, Adele se virou e Michael sorriu para ela.

Sem pensar muito, Adele montou em Michael. Ela começou a se mexer suavemente em cima de Michael, esfregando seu sexo nele, o que estava levando Michael a loucura.

Adele olhou profundamente para os olhos de Michael e não fazia ideia do porquê Michael estar tão vermelho e com os olhos mais escuros que o normal.

Ela é linda! Michael pensava muito excitado, e colocou Adele em cima de si e ela foi mexendo com movimentos circulares em cima dele até ser penetrada totalmente. Ele segurou suas nádegas e foi ensinando-a como fazer. Aquilo era a tortura mais silenciosa e gostosa que alguém poderia desejar por toda uma vida.

Adele começou a rebolar mais depressa e Michael pegou seus seios fartos e firmes entre as mãos e se ergueu um pouquinho para chupar cada um deles, Adele gritava de desejo e se esfregava em Michael ainda mais, os dois gozaram juntos satisfeitos. Adele se deitou em cima do tronco de Michael, e ele a abraçou, ambos estavam ofegantes, satisfeitos e felizes. *Acordar daquela maneira era uma dádiva divina.* Pensou Michael.

Michael ficou muito tempo com Adele assim, até que Adele se ergueu e sorriu para Michael, ele olhou em seus olhos e sorriu também, não havia necessidade de palavras. Os dois se amavam ardentemente e isso bastava.

— Bom dia, meu amor! — Michael falou sorrindo.

— Bom dia, amor! — Adele falou deitando-se ao lado de Michael. — Eu queria ficar assim para sempre. — Adele olhava para ele com amor.

— O dever nos chama — ele disse, beijando a mão dela com carinho.

— Sim... só mais um pouquinho querido, me abrace assim. — Adele encostou as costas no peito de Michael e fechou os olhos. Adormeceu cinco minutos depois. Michael sorriu e a abraçou mais e se levantou. Não queria dar motivos para conversas. Adele não mexeu um músculo.

VIII

— É logo ali a minha oficina. — Michael parecia uma criança que iria mostrar os brinquedos a Adele.

— Estou ansiosa para ver e te conhecer ainda mais. — Os dois pararam, Michael puxou Adele pela cintura e eles se beijaram apaixonadamente.

— Eu te amo muito, minha querida, e quero estar todo o tempo com você, seus lábios são macios e sedosos.

Michael amava Adele, e quando ela voltasse para Greystones ele almejava pedir sua mão em casamento.

— Oh! Meu amor, eu também te amo e você me faz muito feliz. — Adele disse.

Eles se abraçaram profundamente e depois seguiram para a carpintaria, como era chamada carinhosamente por Adele. Michael entrou e cumprimentou os três funcionários, que ficaram encantados de ver a senhorita tão linda.

— Michael, isso é Maravilhoso! — Adele corria a carpintaria de um lado para o outro, admirando aqueles móveis todos, e gritando de alegria.

— Obrigado! Eu fico muito feliz de que você tenha apreciado tudo isso.

Passaram duas horas conversando sobre móveis, os funcionários mostravam os desenhos e projetos de Michael, e eles trocaram ideias com Adele e Michael.

Foi um dia excelente.

***

O tempo passou voando, e já fazia três semanas que Henry havia falecido. Finalmente, Gerald foi falar com Michael.

— Com licença, Sr. Michael — Gerald falou na porta do grande escritório.

— Claro, Gerald. Entre. — Michael sabia que esse dia chegaria.

— Podemos conversar agora, Senhor Michael, ou está muito ocupado? — Gerald perguntou, muito respeitosamente.

— Pode falar Gerald, eu já o esperava há dias. — Michael soltou um suspiro cansado. — Sente-se, por favor. — Apontando a cadeira para o mordomo com a mão para que ele se sentasse.

— Sr. Michael, como sabe, o Sr. Henry nos deixou, eu e Amélia, muito bem de vida. — O mordomo parecia sem graça.

— Sim Gerald, papai foi bem generoso com todos nós. Você veio me avisar que você e Amélia estão nos deixando? — Michael perguntou pesaroso.

— Não, Sr. Michael, pelo contrário. Eu vim perguntar se o Sr. não se importa de nos ter aqui? — Gerald estava sem graça e não sabia como se portar.

— Vocês querem continuar a trabalhar aqui? Não entendo! Papai deixou vocês ricos. — Michael estava perplexo.

— O Sr. Henry foi mais que generoso comigo e com Amélia. Mas, como sabe, temos três filhos e todos os três tem suas vidas. O Sr. já está pagando os estudos do caçula, o que não precisará fazer mais, agora que temos condições. Brian está bem em Londres, e a menina é casada. O Reino Unido está passando por uma crise econômica pior do que nunca, para onde iríamos, Senhor Michael? O lar que amamos é aqui, a nossa família nasceu aqui, nossos filhos foram criados em Greystones e todos nós amamos esse lar. Se o Sr. não se importar, ficaremos aqui, trabalhando como sempre foi, esse é o desejo meu e de Amélia. — Gerald estava decidido e falou tudo de uma vez só.

— Vocês conversaram com seus filhos sobre isso? Eles estão de acordo? — Michael perguntou olhando para Gerald.

— Sim. Sim. Foi tudo conversado e eles amaram a ideia de continuarmos aqui. O que faríamos na cidade? Não queremos ficar sem fazer nada, ter uma vida ociosa. Queremos trabalhar como sempre foi. Não precisamos de dinheiro, então ficará no banco caso seja preciso na nossa velhice. Se não for usado, ficará para os nossos filhos.

— Tudo bem Gerald, você me fez muito feliz com sua decisão e de Amélia. — Michael respondeu. — Quanto a pagar os estudos de Anthony, pode deixar que vou arcar com tudo, como combinamos após o falecimento de papai. Papai queria assim, e assim será. Se você quiser, pode ajudar sua filha casada. Tenho certeza que o seu netinho irá ter boas escolas também.

— Muito obrigado, Sr. Michael. — Gerald respondeu emocionado, fez uma pequena reverência e saiu. Michael ficou emocionado pelo mordomo e sua mulher, iria agradecê-la pela manhã.

****

Uma semana se passou, e Adele estava se despedindo de Michael, e de todos em Greystones.

— Sentirei tanto sua falta, querida. — Michael estava triste e deprimido.

— Eu voltarei o mais rápido que eu puder. — Adele pegou em sua mão e os dois continuaram a andar pelo jardim.

Adele foi para Londres, e Michael se sentiu sozinho e perdido. Se acostumou a ter Adele com ele. Mas sabia que voltaria logo. Gerald apareceu na porta do escritório.

— Gerald, por favor, entre em contato com a joalheria Wartski, e peçam que tragam inúmeros anéis de noivados e alianças. Quero dar uma olhada em cada peça. Quero surpreender Adele, quando ela voltar de Londres.

— Sim. Farei isso imediatamente. — Gerald saiu discretamente sem fazer nenhuma pergunta.

Três horas depois, Gerald bate na porta do escritório de Michael para avisar que representantes da joalheria Wartski estavam esperando na sala de estar.

— Traga-os aqui Gerald, por favor. — Michael falou emocionado e ansioso. Queria escolher algo único e belo.

— Sim, Senhor. — Respondeu Gerald. Ao voltar a sala de estar, os três representantes da joalheria estavam sentados admirando a beleza da mansão. Obras de artes por toda a sala, sofás de couros, e poltronas lindas e confortáveis, como jamais visto antes.

— Por favor, me acompanhem, o Sr. Michael os receberá em seu escritório — O mordomo falou educadamente.

— Boa tarde! — Os três falaram ao mesmo tempo para Michael, com um grande sorriso no rosto.

— Boa tarde! Por favor, entrem. Sentem-se aqui, de frente para mim.

— Gerald, por favor, me ajude a esvaziar a mesa, para que possamos ver as possibilidades de todas as joias.

Enquanto Gerald e Michael retiravam os papéis de cima da mesa, os três representantes da joalheria admiravam o amplo e bem cuidado escritório do Sr. Michael. Sofás em tecidos importados, cadeiras altas e modernas para seu tempo, com estofamento contemporâneo, mesa em madeira enriquecida de detalhes em ouro. Quadros e mais quadros de pintores renomados e famosos, e uma grande variedade de obras de artes. Tudo estava disposto no ambiente, com harmonia e bom gosto. *Ali deveria ter uma fortuna.* Pensou os três.

Michael fez sinal para que se sentassem em frente à mesa.

— Trouxemos as joias que o Sr. pediu — falou um dos três representantes.

— Ótimo. Vamos dar uma olhada nisso tudo, e vocês também podem me dar sugestões. — Michael disse, estando encantado com todas as joias e já imaginava cada anel no dedo de Adele. Um dos anéis chamou a atenção de Michael.

— E esse aqui? — Perguntou colocando o anel entre o dedo polegar e indicador, levantando a frente de seus olhos para melhor analisá-lo.

— Esse anel — Respondeu o representante que estava entre os dois homens — é uma relíquia da família

Czar. Estava na família há muitos anos, mas a filha que o herdou, não gostava dele e o colocou para leilão. Ele não é mostrado a todos os nossos clientes. Somente os mais especiais, como o senhor.

— Será esse. — Michael respondeu, olhando para a finíssima joia, inigualável. Tinha uma pedra de diamantes amarelada não muito grande. Em volta, pedras preciosas bem minúsculas. Era a pura perfeição. — Adele com certeza gostará.

— Bela e perfeita escolha, senhor.

— Agora vamos às alianças. Quero uma aliança grossa e delicada para Adele, a minha também pode ser grossa. Farei questão de ter um anel e de usá-lo.

Os três apresentaram as alianças e Michael escolheu as que mais o agradavam. Estava ansioso e apreensivo sobre como Adele reagiria.

IX

Amora Robinson chegou à Greystones em um táxi. Não gostava de dirigir, e estava ansiosa com a viagem.

Seu último encontro com Michael havia sido há quatro meses e ela não saberia dizer se seria bem-vinda ou não.

Deixando suas duas malas no mesmo local em que o taxista colocou, subiu os degraus brancos da escada de mármore, e bateu com a boca do leão dourada na porta. Seu toque foi um pouco mais forte do que queria. Ouviu passos e prendeu a respiração.

— Pois não! Em que posso ajudá-la? — Gerald perguntou educadamente.

— Boa tarde! Meu nome é Amora Robinson, e eu gostaria de falar com Michael, ele está aqui? — falou de uma só vez, olhando para o mordomo.

— Por favor, entre e sente-se, que irei avisar ao Sr. Michael que a senhorita veio vê-lo. — Gerald falou e se afastou para que Amora pudesse entrar.

— Obrigada! — falou entrando sem nenhuma cerimônia.

Gerald apontou para um sofá, mas ela continuou em pé e o olhou com desdém. Gerald saiu sem falar nada.

Gerald bateu na porta do escritório.

— Sim? — respondeu Michael sem tirar os olhos da papelada em sua mesa.

— Senhor Michael, há uma moça na sala aguardando pelo senhor. Ela disse que seu nome é Amora. — O mordomo falou polidamente, como sempre.

— O que? Aqui? Na sala? — perguntou um Michael perplexo e aborrecido ao mesmo tempo.

— Eu a convido ao seu escritório?

— Não. De jeito nenhum. Ela vai embora agora mesmo. Michael levantou-se aborrecido e contrariado. Saiu de sua mesa e andou a passos largos, descendo as escadas para a sala. Ao chegar lá, foi surpreendido com sorrisos e abraços.

— Michael, querido! Soube do seu pai e vim o mais rápido possível. — Ela falava, já envolvendo Michael em seus braços.

— Como vai, Amora? — Michael respondeu secamente, desvencilhando-se de seu abraço.

— Não está feliz em me ver querido? — Amora perguntou com voz de choro.

— O que você veio fazer aqui? Não há nada para você em Greystones, e não tinha nenhuma necessidade de fazer uma viagem tão longa somente para me dar os pêsames. — Michael respondeu.

— Desculpe querido, mas eu me preocupo com você. Por isso vim preparada para ficar por pelo menos quinze dias. Por favor mande seu mordomo pegar minhas malas que estão na entrada da casa. — Enquanto falava, foi andando e reparando em todo o ambiente. — Aqui é lindo Michael!

Michael estava muito irritado por tamanha ousadia daquela mulher. Não a tinha convidado, e muito menos gostaria de tê-la em sua casa.

— Amora, sinto informá-la de que este não é o melhor momento. Estou com muitos afazeres após a morte de papai e não terei tempo disponível para você. — Michael tentava disfarçar sua raiva, mas pouco estava adiantando.

— Michael, você sabe que eu não irei embora, portanto, me poupe e poupe a si mesmo. — Ela o encarou e saiu andando.

Aquilo parecia um pesadelo, e dos grandes. Pensou Michael, fechando a cara.

Michael conheceu Amora em uma ópera. Tiveram um pequeno e tórrido romance e nada mais. Mas Amora era insistente e cruel. Michael não poderia mandá-la embora, o pai de Amora era um grande comprador em uma das suas fábricas. Vendo que estava sem saída, chamou Gerald para levá-la a um quarto.

Amora estava muito elegante. Com um conjunto de saia e blusa de seda, elegantemente talhado. Sapatos de salto bem altos, e o cabelo estava lindíssimo. Usava pouca maquiagem e estava linda. Michael não podia negar. Ficou com pena quando olhou para ela, pela pouca recepção e acolhida de sua parte.

— Desculpe Amora, ando muito estressado e as coisas aconteceram muito rápido. — Michael falou dando um aperto leve em seu braço.

— Eu entendo, querido. Mas agora eu estou aqui e vou te ajudar a passar por isso. Juntos sobreviveremos. — Ela falava tudo com desejo. Amora subiu as escadas, e foi se refrescar no grande banheiro de sua suíte. Ficou encantada com a mansão e mais ainda pela suíte tão bem decorada, com móveis bons e de extremo bom gosto.

Amora escolheu para o jantar, um conjunto da última moda. Todo bege com um decote não muito ousado e para adornar seu pescoço, colocou um colar belíssimo em azul turquesa.

Estava elegante e sexy ao mesmo tempo, sem ser vulgar.

— Boa noite, Senhorita Amora. — Gerald falou, fazendo uma pequena reverência.

— Michael já desceu? — Ela perguntou sem cumprimentar o mordomo.

— Ele descerá em alguns minutos. Gostaria de o aguardar na sala de chá?

— Ficarei perambulando por aí. — falou já andando em toda a extensão da casa como se fosse a dona do lugar.

Gerald não disse nada e permaneceu em seu lugar, caso a moça precisasse de alguma coisa. Enquanto Amora andava de um lado para o outro, parando vez ou outra para olhar para alguma fotografia, Gerald a observava discretamente.

Era uma moça linda, mas faltava polidez. Poderia ter o dinheiro que fosse, se não tratava seus empregados com respeito seria sempre uma megera. Tão diferente da Senhorita Adele, a quem todos amavam tanto. Gerald esperava que a presença de Amora não fosse perturbar a paz de Michael. Michael desceu as escadas, e encontrou Amora com o retrato dele e de seu pai caçando. Quando ela o viu falou ainda segurando a foto.

— Seu pai era um homem muito bonito Michael, pena não ter tido a oportunidade de conhecê-lo.

— Obrigado! Papai era um ser humano fascinante. — Michael falava com orgulho na voz. — Você descansou?

— Sim. Consegui dormir um pouco, aqui é muito silencioso e parado demais. Como você aguenta, querido? — Ela perguntou recolocando a fotografia no lugar e olhando para Michael.

— Eu gosto desse silêncio — Foi a resposta curta e seca de Michael.

— Mas quando você pretende voltar a Londres? Temos muitos eventos que poderemos ir juntos. Papai até comentou que gostaria de ter você por alguns dias, para tratarem de assuntos de trabalho, essas coisas que uma mulher não precisa saber. — Amora não suportava conversas sobre trabalhos, finanças e "essas coisas chatas", como ela denominava.

— Ficarei uma boa temporada sem ir a Londres, Amora. Quero resolver muitas coisas primeiro, antes de iniciar a minha segunda exposição.

— Ah querido! Não seja tolo... você não precisa dessas exposições para ficar conhecido. Você nem sequer precisa de dar continuidade a essa bobagem de fazer móveis. Você se tornou bilionário, querido!

Michael estava ardendo de raiva e queria que Amora fosse embora. Ela era uma mulher maldosa e petulante. Ousava dizer a ele o que era ou não importante em sua vida? Era muita ousadia mesmo. Antes que Michael pudesse fazer um comentário irônico, Gerald apareceu e anunciou o jantar.

— Vamos! — Ele falou estendendo o braço para Amora, que o aceitou, e juntos foram ao salão de jantar.

Amora o tempo todo conversou sobre frivolidades. Assuntos chatos e desinteressantes, mente vazia. Quanto mais ela falava mais Michael se distanciava, mastigando a comida devagar e pensando o quanto Adele era diferente em tudo naquela mulher.

Adele era meiga, linda e interessante. Enquanto Amora era chata e chata. Falava sem parar de coisas que não tinham o menor valor para Michael. Talvez os outros rapazes de Londres ficassem encantados com suas falas, mas Michael estava apaixonado por Adele e pretendia pedi-la em casamento, assim que ela pisasse os pés em Greystones. Amanhã mesmo colocaria um ponto final naquilo e mandaria Amora de volta para casa.

Terminaram a refeição e Michael não saberia dizer o que foi dito em todo o jantar. Sua cabeça, mente e pensamentos estavam em Adele, e ele não queria saber de mais nada. Queria encostar a cabeça no travesseiro e sonhar com os beijos ardentes e apaixonados de Adele.

— Michael, você está me ouvindo? Estou falando a horas aqui e você não deu uma palavra? Está tudo bem? — Amora parecia aborrecida e constrangida.

— Sim. Perdoai-me Amora, estava distraído pensando em papai. — Falou Michael dando uma desculpa.

— Tudo bem, querido, eu entendo você. Embora eu não goste nada de ser jogada para o lado. — Ela respondeu.

Michael não disse nada.

X

Jonathan chegou na casa de seu amigo Peter antes das 7:00 horas da manhã. O amigo ainda estava dormindo. Ele bateu na porta com força.

— Calma aí. — Peter falou levantando meio grogue. Tinha bebido muito ontem na taverna, e estava com uma ressaca danada. — Quem está aí? A essa hora? — Perguntou já pegando a arma ao lado da porta.

— Sou eu, seu idiota, abre a porta, porra! — Jonathan respondeu impaciente.

—Já vou... já vou. — Peter respondeu abrindo a porta.

— Que demora, cara. Senta aí mãe. — Jonathan jogou sua mãe em cima do sofá todo sujo e com manchas.

— Que que isso cara? O que sua mãe tá fazendo aqui e a essa hora da manhã?

— Cala a boca e escuta. O velho rico, que foi amante dela, bateu as botas e eu preciso ir lá tentar arrancar uma grana do filho dele. Você vai tomar conta dessa aí, ele apontou para a mãe, enquanto eu vou lá resolver isso. Anna sentia-se humilhada e abaixou a cabeça chorando.

Como pôde ser tão burra de contar sua história para Jonathan? O filho era desprovido de sentimentos e nunca a amou. Anna chorava o tempo todo de cabeça baixa.

— Ah não cara, sem essa. Eu não vou cuidar da velha, de jeito nenhum. — Peter respondeu olhando para a coitada da Anna e sentindo pena dela, por ter um filho como Jonathan.

Peter nunca conheceu sua mãe. Ela o abandonou aos cinco anos de idade e seu pai foi preso, ele foi criado de lar em lar até atingir a maioridade. Desde então, fazia bicos e roubava para sobreviver. Sabia que a mãe de Jonathan era boa e o amava, e sabia que Jonathan é quem não prestava. *Mas ele também não prestava.* Peter pensava aborrecido.

— Você vai cuidar dela pra mim, cara. Como eu vou pegar a grana pra gente? Hein? Hein? Responde? — ele falava e dava tapinhas no peito de Peter. — Me dá uma semana. Ela já tava lá na estação, acredita? Estava indo avisar para o reizinho de mim. — Jonathan ficou vermelho de raiva e Peter ficou com medo.

— Tá bom, então. Mas só uma semana. E como eu vou fazer para comer, hein? Tenho que trabalhar, com a velha aqui, como vou sair? — Ele perguntou com os olhos arregalados para Jonathan.

Anna estava morrendo de medo daquele rapaz. Rezava para alguém sentir sua falta e avisar a polícia.

— Ela vai te dar dinheiro, e vai cozinhar para você, enquanto eu vou lá em Brighton. — Jonathan olhou para sua mãe chorando e encolhida no sofá e sentiu repulsa. *Ela não prestava mesmo. Amante do velho, e nem pra isso prestava.*

— Tá bom, tá bom. Mas eu vou querer grana também, viu? — ele respondeu.

— Claro. Claro. Você terá sua parte. — Jonathan se despediu do amigo e voltou para casa para pegar algumas roupas, e nem olhou para a mãe que chorava o tempo todo. Anna não disse uma palavra, quando o rapaz falou para ela se deitar na outra cama e deixar ele dormir. Trancou todas as portas e retirou as chaves. Anna sabia que não poderia escapar. O amigo de seu filho, Peter, com certeza a mataria.

Jonathan chegou em casa e revirou a casa toda em busca de dinheiro e quebrou quase tudo que via pela frente. Ele não poderia ir para a casa do velho rico com aquelas roupas. Precisaria comprar algumas roupas mais decentes, poderia ser na feira, e teria que dar uma de bom moço. Caso o filho do velho não o aceitasse, o jeito seria dar um fim nele também. Depois de colocar a casa quase *de pernas para o ar*, Jonathan achou uma boa quantia de dinheiro dentro da lata de biscoito vazia, debaixo de um tanto de arroz velho. Se a lata não tivesse caído e esparramado tudo no chão, ele não acharia. Contou o dinheiro e viu que ali tinha uma boa quantia, *a vadia da minha mãe escondeu dinheiro de mim, mas eu vou me vingar*, ele pensou com mais raiva ainda da mãe.

Quando ele estivesse com muito dinheiro, ele iria sumir e nunca mais queria saber da mãe. Correndo para pegar uma mala e ir a feira, já com a intenção de ir direto para a estação, Jonathan somente bateu a porta e saiu.

Não se importou em trancar a porta da frente, ali não tinha nada de valor, e Leeds era tranquilo. Comprou duas calças e três camisas, e sem ter outra opção comprou também uma botina. *Era o que tinha na porcaria da feira*, pensou Jonathan. Enquanto corria para a estação de trem, pensava em como iria chegar à casa do velho rico e se passar por seu filho. Teria que arrumar um jeito de convencer a todos que era filho de Henry. No trem ele pensaria em como iria fazer isso.

Sua mãe tinha contado muita coisa e ele sabia mais do que o necessário para tirar uma boa grana daquele que abusou de sua mãe uma vida inteira.

Jonathan pegou o trem das 12:30 horas. Iria chegar a Brighton às duas horas da tarde. Teria que elaborar um plano bem feito para não cair em contradições diante do filho de Henry.

Jonathan não se importava em mentir, já não tinha escrúpulos há muitos anos, e não seria agora que começaria a se importar com isso, ele pensava sorrindo.

Ele mal recostou no acento do trem, e dormiu profundamente, esquecendo completamente de elaborar um plano.

***

Anna estava transtornada de infelicidade, não saberia dizer onde teria errado na criação de Jonathan. Enquanto olhava toda aquela bagunça na sala, e aquele jovem dormindo no sofá ela pensava em seu único filho.

Ela sabia que Jonathan era revoltado e guardava rancor, mas jamais poderia imaginar que seu filho fosse um assassino. Matar o próprio pai foi a gota d'água para Anna. Ela teria que fugir dali, e avisar ao filho de Henry que Jonathan era uma fraude. Ela só não sabia como iria fugir. Começou a chorar discretamente.

XI

Adele esperava resolver todos os seus problemas em Londres e voltar o mais rápido possível para Greystones.

Ela e Michael se amavam, e ela queria se aproximar dele devagar para que ele se acostumasse com a ideia de tê-la em sua vida. Adele não se importava em ser casada ou não, ela não ligava para essas bobagens de papéis. Ambos eram ricos, e ninguém queria nada de ninguém.

Enquanto abria sua sombrinha, pensava em como chovia todos os dias em Londres, era um verdadeiro transtorno. Entrou em um café para descansar as pernas, e esperar a chuva passar.

Assim que correu os olhos pela belíssima confeitaria, viu Brian em uma mesa de canto lendo um jornal. *Que coincidência maravilhosa*, pensou Adele. Atravessou o grande corredor e parou em frente à mesa de Brian.

— Boa tarde, cavalheiro! — Adele estava sorrindo.

— Adele! Que surpresa agradável. — Brian se levantou, e abriu os braços para receber um abraço dela.

— Estou bem, obrigada! Adele retribuiu o abraço afetuoso — Sozinho? — perguntou Adele.

— Sim. E você?

— Vim me esconder da chuva da tarde, resolvi tomar um café, foi quando eu te vi de longe. Vou me sentar naquela mesa ali. Foi um prazer te rever. — Adele falou e se virou para se sentar.

— Está esperando alguém? — Brian perguntou.

— Não. Vim mesmo somente pelo café e a chuva, naturalmente. — Adele estava sorrindo e olhou para Brian.

— Por favor, querida, sente-se comigo. Vamos colocar a conversa em dia. — Brian foi logo puxando a cadeira, ajudando Adele a se sentar.

— Você está bem? — Ela perguntou.

— Sim. Terminei uma reunião agora e vim para cá. Estava lendo os últimos acontecimentos. Há vários jornais falando um pouco sobre tio Henry. Ele realmente era muito querido. — Brian falou olhando nos olhos de Adele. *Ela é linda,* ele pensou.

— Sim, ele era muito querido mesmo. Fazia muita caridade e ajudava a todos.

— Adele, você espera ficar em Londres por muito tempo? Gostaria de sair para jantar comigo? — Brian olhava para ela como se fosse devorá-la.

— Não pretendo ficar muito tempo. Obrigada pelo convite Brian, mas terei que recusar. Estou com a minha agenda muito corrida ultimamente, e penso que marcar um jantar será um atraso. Desculpe! — Adele falou tudo rápido, sem observar tanto Brian.

— Tudo bem, me avise se mudar de ideia. — Brian falou encerrando o assunto.

Adele e Brian ainda ficaram um bom tempo conversando sobre várias coisas e se despediram com um abraço e um beijo nas bochechas. Brian estava encantado em saber mais sobre Adele e não entendia o desinteresse dela por ele. Havia inúmeras garotas que dariam tudo para serem chamadas para sair, mas parece que Adele não dava a mínima para ele. Brian estava triste e frustrado.

Seu maior desejo era namorar uma moça boa e que quisesse constituir família com ele. *Paciência!* Brian pensou.

Adele foi andando até sua casa, não queria pegar um táxi. Preferiu andar e colocar as ideias no lugar. Ficou pensando que Brian era um jovem rico, bonito e bem-sucedido. Mas Adele sabia que seu coração pertencia a Michael, e ela o amava de todo coração. Assim que chegasse a Greystones ela iria ter uma conversa seria com Michael e saber de suas intenções.

Não aceitaria ficar mais em segundo plano em sua vida. Queria estar com ele, e pronto e lutaria para isso.

Chegou em casa exausta e muito pensativa, gostaria que tivessem um telefone em Greystones. Falaria com Michael sobre isso. Era importante ter um telefone onde pudessem se comunicar.

Adele resolveu que iria o mais rápido possível para Greystones. Estava com saudades de lá e de Michael também.

***

Um pouco mais das 2:00 horas da tarde, Jonathan chegou a Brighton. Queria apenas uma hospedaria barata e dormir pelo resto do dia, para mais a noite pensar em um bom plano. Após perguntar na estação de trem onde poderia passar a noite, ele se dirigiu à uma pensão.

Perguntou se serviam refeição e ficou sabendo que na pensão não, mas que havia um pequeno restaurante na esquina onde ele poderia comer. Jonathan agradeceu ao senhor da estação com toda educação, já incorporando o futuro segundo herdeiro de Henry.

Embora o senhor da estação tivesse feito muitas perguntas, Jonathan resolveu não dizer nada sobre Henry. Precisaria de um bom plano primeiro.

Dormiu a tarde toda, e acordou com escuro, já passavam das 7:00 horas da noite, e ele esperava que desse tempo de tomar seu banho antes de sair, para uma janta tardia. Ceou em um pequeno restaurante e resolveu dar uma volta pela cidade para conhecer um pouco.

Por onde passava, ele cumprimentava a todos com um sorriso e cordialmente. Queria passar uma boa impressão a todos. Não conhecia o filho de Henry, e poderia dar de cara com ele.

***

Ao passar por uma rua escura, já bem distante da pousada, Jonathan viu uma prostituta na calçada. Coisa mais rara do mundo era ver esse tipo de coisa em uma cidade tão pequena.

— Precisa de companhia, senhor? — perguntou Andreia, uma menina com pouco mais de 15 anos. Jonathan olhou para aquela garota que mal tinha seios, e ficou imaginando o que aquela criatura tão magra fazia na rua se prostituindo.

— Quantos anos você tem, menina? — ele perguntou se aproximando.

— Vou fazer quinze anos, senhor. — Ela não olhava para Jonathan.

— Quanto é o programa? — perguntou encarando.

— Uma libra.

— Muito caro. Se quiser, pago 50p.

— Tá bom. — respondeu tremendo. Precisava muito de dinheiro pois sua mãe estava doente. Jonathan agarrou a menina pelo braço e a encostou no muro e foi logo abaixando as calças. Foi rápido e grosseiro. Enfiou a mão no bolso, tirou 20 centavos, e entregou a menina.

— Toma aqui. — Ele disse.

Ela pegou as moedas e olhou tremendo pra ele. — Mas está faltando 30p, senhor. — Ela disse.

— Não está faltando nada, sua vagabunda. — Jonathan falou e cuspiu no chão ao lado da menina. — Saiu andando deixando Andreia tremendo e arrasada.

Andreia sabia desde o começo que esse tipo de coisa não era para ela, mas não conseguia emprego em lugar nenhum, por conta da grande crise econômica.

Chorando muito, ela se limpou com um pano velho e encardido e voltou a ficar na esquina, com a esperança de ter um outro freguês. Jonathan não queria beber porque tinha que ordenar as ideias e começar a colocar seu plano em ação.

Não poderia demorar muito, porque havia dito a Peter que buscaria sua mãe em uma semana. Jonathan passou por um bar, que estava lotado, e bateu aquela vontade de tomar apenas uma dose de whisky. Não resistindo ao barulho, fumaça de cigarro e cheiro de bebida ele entrou e pediu uma dose de whisky, iria beber apenas uma dose e nada mais.

Duas horas depois, Jonathan já estava bêbado, e gritando com todos no bar. O bartender e o dono do bar o colocou para fora do estabelecimento, mesmo com os muitos protestos de Jonathan, que gritava e esperneava dizendo a todos que ele era rico e que não poderiam fazer isso com o filho de Henry Evans. Todos olhavam para ele e riam. Sabiam que agora que o Senhor Henry havia falecido, iriam aparecer inúmeros herdeiros. Ninguém acreditou ou deu atenção a ele, e os seguranças o enxotaram de lá. Estava causando muitos transtornos.

Ao se ver do lado de fora do bar, Jonathan se sentiu mais tonto e perdido, não saberia dizer para que lado ficava a pousada, e foi cambaleando sem ermo pela cidade, gritando que era filho de Henry Evans e tinha direito a sua fortuna. Acabou em uma praça mal iluminada e com vários bancos de madeira quebrados e maltratados. Deitou-se em um daqueles bancos sujos e dormiu na mesma hora. Acordou com um policial chamando por ele.

— Senhor... Senhor. Acorde. Não pode ficar deitado aqui, levante-se. — Jonathan acordou atordoado e o sol bateu em seus olhos. Ele o protegeu com a mão e olhou para o guarda.

— Sim... Qual o problema? — Jonathan perguntou ao guarda, com a voz irritada.

— O senhor precisa sair do banco. Não permitimos pessoas deitadas nos bancos da praça.

— Ah! Desculpe, seu guarda. — Jonathan falou com a voz macia e educada. Ontem a noite eu saí da pousada, que eu estou hospedado e me perdi. Como não encontrei ninguém na rua, me deitei aqui e dormi.

— A pousada perto da estação de trem? — perguntou o guarda.

— Sim... sim. Essa mesma. — Jonathan se alegrou pelo guarda ter acreditado nele.

— Ah sim! O senhor segue por essa rua até o final e depois virá a direita e depois a direita de novo que já vai ver a pousada. — Ele respondeu.

— Muito obrigado seu guarda, farei isso. Estou com uma baita dor nas costas. O banco é duro, viu? — Jonathan falou rindo e se despedindo do guarda com um aceno, antes que entrasse em problemas.

XII

Michael acordou cedo e se dirigiu ao grande salão para o café da manhã. Teria que resolver vários problemas com seus empregados sobre a propriedade. Nunca pensou que teria que lidar com tantas coisas, tendo um gerente tão bem pago. Mas o Sr. Dennis explicou a Michael que mesmo sendo o gerente, havia algumas coisas que somente o dono de Greystones poderia resolver. A propriedade era imensa e com várias plantações que requeriam toda a atenção. Mal ele entrou no salão, já deu de cara com Amora.

— Bom dia, querido! — ela falou alegremente. Amora já estava ali há uma semana e não parecia querer ir embora.

— Bom dia, Amora. Dormiu bem? — Michael perguntou sem muito entusiasmo. Michael já estava cansado de Amora e de sua insistência em estarem juntos o tempo todo.

— Dormi maravilhosamente bem, acho até que eu me acostumaria a viver aqui... Com você, é claro... — falou levantando uma sobrancelha e fazendo um beicinho nada sexy.

— Logo, logo você se sentiria entediada, pode acreditar. — Michael estava torcendo para esse dia chegar, pois não aguentava mais.

— Ah, meu querido! Jamais poderia ficar entediada perto de você. Se bem... que você está me punindo por algum motivo que realmente desconheço. — Amora respondeu olhando para Michael.

— Amora, minha querida, — Michael começou a falar como se estivesse falando com uma criança teimosa e birrenta — você precisa entender que o que tivemos em Londres acabou. Não sinto nada por você, além de uma profunda amizade.

— Mas eu farei isso mudar, Michael. Você sabe o quanto tenho apresso por você, e já estou amando Greystones. Poderemos morar aqui, se você quiser — ela falava como se Michael não estivesse acabado de dizer que não gostava dela.

— Temo que isso não irá acontecer Amora. — Michael foi firme e decidido ao pronunciar suas palavras.

— Nós veremos. Nós veremos. — foi sua resposta ameaçadora.

— Com licença, perdi o apetite. — Michael saiu pisando duro e aborrecido. Sentia falta de Adele e de seu carinho e amor. Precisava ficar livre de Amora o mais rápido possível.

Ao chegar no estábulo, Jason já estava com o garanhão de Michael selado, e Michael agradeceu e montou no cavalo. *Talvez a cavalgada e os afazeres de Greystones pudessem aliviar aquela tensão.* Amora era uma mulher que não aceitava um não como resposta e estava acostumada e ter tudo o que queria. Seu pai não era rico como o pai de Michael, mas também não era nenhum pobretão.

Amora e sua irmã tinham tudo o que sempre desejavam e eram lindas. Ela era ambiciosa e queria Michael de qualquer jeito e faria com que ele gostasse dela.

— Mande selar um cavalo para mim Gerald, vou acompanhar Michael na inspeção da fazenda.

— Sim, senhora. Com licença. — Gerald saiu para falar com Jason.

Amora subiu as escadas correndo para trocar seu vestido e vestir uma roupa de montaria. Felizmente, de última hora, resolveu mandar sua criada incluir roupas de montaria em sua mala.

Ao chegar ao estábulo, Jason já havia selado uma égua bem esperta para Amora, que ela montou com grande maestria, pois sempre fora uma excelente amazona. Galopando o mais rápido possível, ela conseguiu avistar Michael conversando com empregados da fazenda.

Ao ouvir galopes rápidos, Michael olhou na direção do barulho e viu Amora vindo. Com seus cabelos voando, ela parecia alegre e estava linda, ele não pôde deixar de perceber.

— Olá, meu querido! O dia está lindo, não? — Ela falou com um sorriso radiante. Michael apenas olhou admirado, e não disse nada. Seria difícil se livrar dela.

— Amora, não terei tempo para você. Por favor, volte para a propriedade, tenho muito trabalho a fazer e não sei a que horas terminaremos aqui. — Michael estava aborrecido e com raiva por ser perseguido em seu próprio lar.

— Não se preocupe comigo, querido. Saberei voltar sozinha de onde estiver, quero te fazer companhia e conhecer um pouco mais de Greystones.

Sem responder mais nada, Michael voltou sua atenção ao gerente da fazenda e ficou conversando sem dar importância a Amora. Ela se sentiu excluída e humilhada, mas não iria dar o braço a torcer. Andaram à cavalo por mais de duas horas e Amora se sentia cansada e suada, queria voltar a propriedade, e tirar toda aquela poeira do corpo. Michael estava fazendo aquilo de propósito para ver até onde ela conseguiria segurar seu orgulho.

— Michael, querido! Voltarei daqui. Para mim já chega — a voz de Amora era irritada e firme.

— Ok. Vejo você mais tarde. Michael deu meia volta, e chamou seus empregados para segui-lo, dando as costas para Amora. Queria mostrar a ela que não a queria ali. — *Vamos ver se dessa vez ela entende*, pensou Michael.

***

Não muito longe dali, em Londres, Adele se preparava para voltar a Greystones, e ficar o maior tempo possível com Michael.

— Vai ficar muito tempo fora Senhorita Adele? — perguntou a governanta.

— Sim, querida Sara. Pretendo passar uma temporada em Greystones. Se precisarem de alguma coisa, sabe como me contatar, certo? Não quero que falte nada a vocês enquanto eu estiver fora.

— Não se preocupe, Senhorita Adele, ficaremos bem e pode ter certeza de que sua casa também.

— Eu sei Sara, não há em Londres ninguém melhor que a Senhora, em suas mãos sei que poderei ficar o tempo que quiser.

— Certamente que sim. Vá tranquila, aqui ficará tudo bem.

— A governanta deu um afetuoso abraço de despedida em Adele.

Adele se despediu e entrou em seu luxuoso carro. Teria algumas horas para chegar em Greystones e estar ao lado de seu grande amor.

Seria uma surpresa para Michael.

XIII

Jonathan resolveu que já era hora de ir até Greystones para se apresentar, ele já tinha um plano todo esquematizado em sua cabeça. *Nada poderia dar errado*, pensou ele. Com o dinheiro roubado da lata de biscoitos de sua mãe, ele alugou um carro e foi para a casa de seu "pai".

Foi a viagem toda, de Brighton até quase chegar em Greystones cantando na maior altura. Estava com um ótimo humor e queria chegar e se apresentar.

Quando finalmente chegou na grande propriedade, ficou admirado por tamanha beleza e grandiosidade. Pensou o quanto sua mãe era idiota e começou a ficar com muita raiva, mas logo tirou sua mãe da cabeça para não atrapalhar seus planos. Subiu os degraus impecavelmente limpos e se deparou com uma grande aldrava de ouro em forma de boca de leão.

Não saberia dizer para que era aquilo, mas ao mexer achou pesado, e ao soltar bateu na porta. Gerald ouviu o bater e foi abrir. Quando Jonathan pegou na boca do leão para chamar novamente, Gerald abriu a porta.

— Pois não. Deseja alguma coisa? — perguntou o mordomo educadamente, e pensando ao mesmo tempo que seria alguém querendo emprego.

Jonathan parecia nervoso e suava muito. Ficou olhando para Gerald sem fala e depois de alguns segundos limpou a garganta e disse.

— Bom dia! Meu nome é Jonathan e sou filho do Sr. Henry e de Anna, a empregada que trabalhou aqui há anos.

— Anna? — Perguntou um Gerald desconcertado e surpreso. Jonathan percebeu o susto do mordomo e ficou satisfeito consigo mesmo.

— Sim. Eu poderia entrar? Falar com o outro filho dele? Precisamos resolver muitas coisas relacionado à herança.

— Um momento, por favor, que chamarei o Sr. Michael. Sente-se, por favor. — Gerald afastou-se para que Jonathan passasse e indicou a cadeira com a mão. Jonathan se sentou no grande sofá de couro olhando tudo e pensando quanto valeria aquilo tudo.

Sua cobiça era enorme e sentiu vontade de roubar algo pequeno, mas se controlou para não por tudo a perder. Michael entrou na sala muito surpreso.

— Pois, não. Você é filho da Anna? — Jonathan se levantou e era somente alguns centímetros mais baixo que Michael e mais magro. Mas não deixava a desejar para Michael.

— Bom dia! Sou Jonathan, filho de Anna, com quem o nosso pai teve um caso por longos anos.

— Vamos nos sentar, Jonathan, e conversar, meu nome é Michael.

Michael se encaminhou para o outro lado da sala e se sentou em uma das poltronas confortáveis de sua coleção. Jonathan o acompanhou e sentou-se em frente a Michael.

— Papai me falou várias vezes sobre Anna, mas nunca mencionou que tivesse um filho. — Michael disse.

— Pois é, minha mãe nunca quis contar para ele, sempre passamos grandes necessidades por conta disso e antes de morrer, infelizmente, — Jonathan abaixou a cabeça simulando grande tristeza — ela me contou toda a história dela e de meu pai, e assim que eu soube de sua morte eu vim pegar o que é meu de direito.

— Sinto muito por sua mãe. Sei o quanto é doloroso a perda de um ente querido. Sua mãe faleceu há muito tempo? Foi de quê? — Michael perguntou.

— Foi do coração. Não tem muito tempo, apenas quatro meses. — Ele falou sem olhar para Michael.

— Bom Jonathan, Michael falou firme e forte, nós vamos ter que conseguir provar isso, porque como acabei de mencionar, papai nunca falou de um outro filho, e nunca ficamos sabendo notícias suas ou de sua mãe. Ela deixou Greystones há mais de trinta anos, nunca mais voltou e nunca deu notícias.

— Sim... sim. Entendo. — Jonathan não estava satisfeito com o desenrolar daquela conversa e começou a ficar impaciente. — E até que você comprove isso eu ficarei aqui, certo? — Perguntou desafiando Michael com o olhar.

— Sim! Claro! Vou chamar Gerald para que possa acomodar você em um dos quartos de hóspedes. Com licença.

— Obrigado! — Respondeu Jonathan. Michael não tinha gostado nada da cara de Jonathan, e muito menos de seu olhar maldoso e malicioso. Sabia, por intuição, que havia alguma coisa errada e iria descobrir mais cedo ou mais tarde. Gerald já estava esperando Michael em seu escritório.

— Gerald, leve Jonathan para um dos quartos de hóspedes e depois venha aqui, para que possamos conversar. Vou informar Brian o mais rápido possível.

— Sim, Senhor Michael. — Gerald se afastou silenciosamente, e pensando naquilo tudo. Tinha ouvido toda a conversa entre Michael e Jonathan, e sabia que Henry jamais abandonaria um filho, principalmente um filho de Anna, de quem tanto amou.

— Está bem Brian, eu o aguardarei aqui o mais rápido possível. — Michael desligou o telefone recostou na cadeira e ficou pensativo. Adele teria uma grande surpresa ao saber que agora tinham instalado um telefone em Greystones.

Assim que possível, Michael iria falar com Brian, sobre entrar em contato com a telefonia e comprar uma linha de telefone para Adele. Eles precisavam se comunicar.

Enquanto subiam os degraus para o quarto de hóspedes, Jonathan olhava tudo aquilo com água na boca, sabia da fortuna de Henry, mas não sabia que era tão rico. *Essa casa deve valer quase um milhão.*

— Fique à vontade, Sr. Jonathan. Gostaria de tomar um banho, um lanche, alguma coisa?

— Vou descansar um pouco, a viagem foi muito cansativa e minhas emoções estão à flor da pele. — Jonathan fez com a mão um gesto para que Gerald saísse do quarto e fechasse a porta.

Deitou-se nos travesseiros macios e olhou para o teto alto da casa. *Meu plano tem que dar certo.* Virou de lado e fechou os olhos, dormiu no mesmo instante.

Jonathan acordou com uma batida na porta, abriu os olhos confusos sem saber ao certo onde estava.

— Entre. — Respondeu sonolento.

— Sr. Jonathan, o jantar será servido pontualmente às 18:30. — Gerald falou polidamente.

— Ok. Pode sair. — Jonathan respondeu. Gerald fez uma pequena reverência e saiu do quarto. Jonathan se levantou meio tonto e foi para o banheiro, parou segurando o portal da porta ao avistar um grande espelho na lateral da parede. Ele se olhou de corpo inteiro e viu sua imagem refletida. *Nada mal para um pobretão*, ele pensou. *Eu poderia ter tudo isso, se não fosse aquela idiota ter preferido o pobre ao rico. Mas agora eu terei tudo do que tenho direito e muito mais.* Entrou no banheiro e se despiu.

Adele chegou a Greystones animada e feliz. Finalmente iria encontrar o seu grande e eterno amor. Subiu os degraus da escadaria correndo, deixando todos os seus pertences dentro do carro.

Bateu três vezes a boca do leão. Gerald abriu a porta e deu um largo sorriso para Adele. — Senhorita Adele! Que surpresa agradável! Entre, por favor. Mandarei Jean buscar suas coisas.

— Como vai, Gerald? Senti tantas saudades daqui, parece que já faz bastante tempo...

— Venha... O Sr. Michael ficará extasiado de alegria quando a encontrar.

— Será mesmo? — Ela falou sorrindo e entrando na grande sala. — Onde está Michael? — Adele perguntou.

— No escritório. Quer que eu a anuncie ou deseja lhe fazer uma surpresa?

— Eu vou lá, Gerald. Será uma surpresa mesmo, pois eu não o avisei.

Adele subiu as escadas correndo e parou na porta do escritório de Michael, achou estranho a porta estar fechada, Michael geralmente deixava a porta sempre aberta.

— Entre. — Michael falou cansado.

Adele abriu a porta devagar e entrou, encontrou um Michael de cabeça baixa lendo muitos papeis que estavam sobre sua mesa. Ela permaneceu em pé junto a porta fechada. Michael continuou a ler absorto em algo muito interessante, e não se deu ao trabalho de olhar para cima.

— Muito ocupado? — Perguntou Adele com uma voz meiga e gentil. — Michael ergueu a cabeça surpreso e arregalou os olhos levantando-se instantaneamente.

— Adele, meu amor! — Correu ao seu encontro e a tomou em seus braços com muitas saudades. — Meu amor! Meu Amor! Você chegou! — Michael não parava de beijar Adele no rosto, segurando com ambas as mãos o rosto de Adele e a beijando em todos os lugares. Levantou Adele e rodopiou com ela em seus braços.

Adele ria e o beijava também até que seus lábios se encontraram e eles deixaram que o beijo dissesse o que as palavras não eram capazes de dizer.

— Oh! Oh! Michael... meu amor. Quantas saudades de você. — Adele beijava Michael e o sugava como nunca, queria sentir o cheiro dele e o abraçou com ternura e paixão.

— Quanta falta senti de você, meu amor! Prometa que jamais irá embora. Prometa! — Michael disse, abraçando Adele com medo de a perder, e passava as mãos por toda a suas costas, apertando Adele como nunca em seus braços.

— Eu prometo, que jamais deixarei você novamente. — Adele se afastou e viu profunda olheiras ao redor dos olhos de Michael. — Você está bem? — Ambos perguntaram ao mesmo tempo e riram.

— Deixe-me te olhar, minha querida Adele. — Afastando-se um pouco, Michael contemplou Adele e pôde sentir o grande amor que existia entre ambos.

— Eu te amo, Adele! Saiba que jamais em toda a minha existência eu deixarei de amá-la e de protegê-la. — Tomou Adele em seus braços e a beijou demoradamente.

Adele mal podia respirar de tanto que Michael a abraçava e beijava com aquela urgência ainda desconhecida para ela.

— Calma, querido! Nós teremos muito tempo para isso. Quero saber de você. — Michael se afastou envergonhado e tomou a mão de Adele e a levou até o sofá, sentou-se e apontou a poltrona de frente para que Adele se sentasse e ambos ficassem de frente um para o outro.

— Estou com muitos problemas no momento, e espero que eu possa contar com sua ajuda e compreensão. Michael estava muito sério e falou com a voz bem aborrecida e cansada.

— O que aconteceu, Michael?

XIV

Michael relatou a chegada de Amora, sua insistência em conquistá-lo, e também a chegada inesperada de Jonathan que dizia ser filho de Henry.

Adele ouviu tudo com paciência e atenção, e prometeu ajudar Michael em tudo o que fosse necessário.

— Michael, por tudo o que você me contou, acho que essa Amora, da qual já não me simpatizo, é um verdadeiro abuso. Como pode? Que descaramento, Michael! — Adele estava aborrecida e nervosa.

— Pois, é. E o pior é que não tenho como mandá-la embora, o pai dela é um ótimo investidor em uma de minhas fábricas, e o maior comprador de outra. Tem muita influência no Parlamento também. Jamais poderia ofendê-lo. — Michael disse contrariado.

— E esse Jonathan? É realmente um problema a ser tratado com muita seriedade, Michael. Tio Henry jamais deixaria um filho ser criado na miséria, ele ajudava até quem não era filho. Essa história está muito mal contada. Mas creio que Brian já tomará as rédeas daqui pra frente, certo? — Adele perguntou olhando nos olhos de Michael.

— Sim. Sim. Brian ficou de vir assim que possível, fará algumas investigações para saber da Anna, sua morte, e do filho dela. Tudo ficará bem minha querida, não se aborreça por conta disso. Hoje no jantar você conhecerá a ambos, e eu também tenho uma surpresa para você... — Michael falou com ar misterioso.

— Mesmo? Me conta, querido! — Adele estava rindo e segurou as mãos de Michael.

— Aí não seria surpresa querida. Deixa de ser curiosa e vá descansar para ficar mais linda. No jantar, você saberá. — Michael falou já se levantando e puxando Adele para seus braços. — Você é a paz e a tranquilidade que eu necessito neste instante. Eu não desejo mais nada a não ser tê-la em meus braços. — Michael beijou Adele como nunca, e os dois foram ficando excitados.

Michael se encostou, quase sentado na escrivaninha, e colocou Adele entre suas pernas. Ela se encaixou ali mexendo provocativamente, encostando seu sexo em Michael. Aquilo estava deixando Michael louco de desejo, ele passou as mãos nas costas de Adele e desceu até suas nádegas, passando as duas mãos em círculos nas nádegas dela e apertando seu corpo contra seu sexo, que estava quase explodindo dentro da calça.

Adele gemia e procurava cada vez mais se esfregar em Michel, e ambos estavam quase as vias de fato. Sem resistir por mais tempo, Adele se esfregava em Michael e abriu as pernas para ter mais contato. Michael ficou louco com esse gesto, e suspendeu o vestido rodado de Adele e puxou a calcinha de lado acariciando o sexo de Adele sem nenhum pudor. Adele gemia e gemia, e Michael introduziu o dedo em

Adele levando-a a loucura e com o polegar massageava seu clitóris e ela gemia de prazer e desejo, até que sem resistir mais, ela se balançou toda e gozou. Satisfeito por vê-la assim, Michael retirou sua mão e abraçou Adele com todo amor. Ficaram abraçados e ofegantes por alguns minutos e Michael foi se acalmando aos poucos.

Como tinha mais experiência nessa área, conseguiu se segurar.

— Acho que preciso de um banho — ela falou meigamente — e sem olhar para Michael ela foi se afastando, estava envergonhada demais.

— Vem cá meu amor... — Michael falou carinhosamente — não precisa se envergonhar do que aconteceu aqui. Você é uma mulher muito sexy e linda, e eu te amo! Nunca pense que irei te julgar, eu sempre irei te amar, mas nunca julgar.

— Oh Michael! Você é tudo que eu sempre desejei em minha vida. Eu te amo meu amor! Serei eternamente sua. — Adele disse meigamente, abraçou Michael por um longo tempo e depois virou as costas e saiu. Michael ficou sentado ainda um bom tempo na escrivaninha e se levantando foi até a gaveta e pegou a caixinha com o anel de noivado e sorriu. *Hoje será um grande dia, gostaria que papai estivesse aqui para ver o grande amor que eu e Adele sentimos um pelo outro.* Michael olhou para uma pintura do pai na parede e pensou emocionado *papai, nos dê a sua benção.*

Michael sentiu um temor e uma angústia em seu coração, uma coisa inexplicável, que nunca havia sentido, e achou que seu pai estava reprovando sua união com Adele. Franziu a testa e continuou olhando seu pai e sem dar mais importância a isso, Michael sentou e continuou seu trabalho. Por volta das cinco horas, ele se levantou e foi tomar banho para o jantar. Seria um dia muito importante para ele e o seu grande amor. — Michael estava feliz e esperançoso.

Amora estava decidida a seduzir Michael de qualquer maneira, já estava cansada de esperar por ele, já estava naquela roça há quase um mês e nada acontecia. Ela resolveu se arrumar com todo esmero e toda beleza para mostrar a Michael quem ela era e a qual propósito estava ali. Optou por colocar um conjunto belíssimo de linho verde esmeralda, ressaltando seus olhos sobremaneira, prendeu seus lindos cabelos pretos de um lado só, usando um lindo e fino grampo em ouro e diamantes para prender os cabelos firmemente. Calçou sandálias altas e douradas e colocou um brinco da mesma cor do conjunto. Resolveu que não usaria nada nas mãos e no pescoço para não ficar muito extravagante com tantas joias. Nada disso precisaria, pois Amora era linda de natureza, suas feições eram perfeitas e seu corpo escultural. Passou pouca maquiagem, e um leve batom nos lábios.

No outro quarto, não muito longe de lá, Adele se aprontava com o maior capricho. Colocou uma calça comprida da última moda em Milão, poucas pessoas vestiam calças naquela época, ela nunca se importou e a encomenda chegou dois dias antes dela ir para Greystones.

A calça era preta, bem colada ao corpo, mostrando as belas curvas e o bumbum arrebitado de Adele.

Optou por uma camisa estilo masculino toda em seda japonesa que foi confeccionada especialmente para ela, a cor era azul bebê para destacar ainda mais a cor de seus olhos. Preferiu colocar um belíssimo colar cravejado em diamantes que foi de sua mãe, presente de tio Henry em seu trigésimo aniversário.

Não iria colocar anéis. Deixou seus cabelos soltos e magnificamente penteados até a cintura com ondas mais claras de loiro. Para compor o seu visual, colocou um sapato preto de salto altíssimo e passou pouca maquiagem, nos lábios optou por um batom cor da pele, ressaltando ainda mais seus olhos ligeiramente pintados, com uma sombra clara. Ao se olhar no espelho viu que estava estonteante de tão linda e esperava que Michael a achasse atraente, sem ser vulgar. Adele sempre tomou muitos cuidados para não parecer vulgar. Gostava de ser admirada e notada, sem ser muito sensual. Mas, nem precisava, ela era linda e sexy por natureza, e era difícil não a notar onde quer que fosse.

No terceiro quarto estava Jonathan, sem muitas opções para poder se arrumar. Embora suas roupas fossem novas e limpas, não eram roupas de qualidade, eram simples. Ele não tinha a menor ideia do que era bom ou ruim, pois nunca teve nada bom quanto as roupas de gente rica.

Mas ele não se importava com isso, ele logo, logo seria um homem rico, graças ao seu pai bilionário. Manteria seu plano em ação, e nada poderia dar errado.

Chega de tentar colocar esse cabelo no lugar, pensou Jonathan aborrecido não teve tempo de cortar o cabelo, que estava grande. Jonathan tinha uma aparência bonita e traços leves em seu rosto, com algumas rugas aqui e ali devido ao uso e abuso do álcool e das drogas. Aparentava pelo menos cinco anos a mais do que realmente tinha. Ele nunca se importou para a aparência, mas não hoje. Quando tivesse muito dinheiro cuidaria de ficar sempre bonito e bem arrumado.

Pensou em Peter com sua mãe e riu. Deveria ser uma situação hilária, riu alto e se lembrou que não deveria rir alto, estava na casa de gente rica, e gente rica não fazia essas coisas. Se olhou no espelho mais uma vez e gostou do que viu, então era hora de descer e enfrentar a fera do Michael, filho de Henry.

Balançando a cabeça rindo, abriu a porta do quarto e desceu as escadas para o salão de jantar.

XV

Michael já estava na sala de jantar conversando com Gerald. — Brian chegará amanhã por volta do horário do almoço, Gerald. — Michael falou.

— Tomara que traga boas notícias, Senhor Michael. — Gerald respondeu.

— Sim. Eu também espero por isso.

— Nunca, em todos esses anos, ninguém ouviu dizer que o Sr. Henry tinha um outro filho. Isso nós saberíamos. Anna também amava seu pai e a última notícia que soubemos dela, ela morava em Leeds, e era casada com um dos empregados da fazenda. Se esse filho fosse do Sr. Henry, Anna com certeza, contaria isso, ela sabia que o Sr. Henry sempre quis um filho. Isso não faz sentido. — Gerald estava consciente de que aquilo era mentira, somente para pegar dinheiro. Havia muitos malandros no mundo.

— Vamos ver o que Brian nos trará amanhã. — Michael disse ao mesmo tempo que Jonathan pisava no último degrau da escada.

— Boa noite, Michael! — Falou Jonathan cumprimentando apenas Michael, e ignorando Gerald.

— Boa noite! — Michael respondeu não deixando de observar a falta de educação. — Já conhece o nosso mordomo, e amigo Gerald, Jonathan? — Michael falou com sarcasmo.

Jonathan só deu uma olhada para Gerald, e não disse uma palavra, limitando-se a balançar a cabeça.

— Gerald, por favor, eu e Jonathan estaremos na sala de chá. Venha Jonathan, vamos conversar antes de nos reunirmos com Adele e Amora.

— E quem é Adele e Amora? — Jonathan perguntou franzindo a testa

— Adele é sobrinha do meu pai e minha futura esposa, e Amora é uma amiga de Londres que veio nos visitar.

— Ah! Amiga! — *Certo...* Jonathan pensou. *Desde quando homem tem amiga mulher?* Ele pensava maliciosamente. Michael notou a expressão de deboche na cara de Jonathan, e não gostou nada daquilo, quanto mais cedo ele fosse embora, melhor. Antes que Michael pudesse responder, Adele entra na sala.

Foi um verdadeiro choque aos olhos dos dois homens. Adele estava linda e super sexy, com calça preta, justa ao corpo. Michael se sentiu orgulhoso de ter uma futura esposa tão linda.

Jonathan se perguntou se aquela era Adele ou Amora. Ao olhar para ela, ele sentiu todo o seu corpo arrepiar de desejo por aquela gata, *ela deve ser selvagem e muito gostosa na cama.* Ficou totalmente desconsertado quando sua ereção começou a ficar evidente, só de olhar para Adele. Remexeu sem graça na calça, e consertou o que jamais poderia ser mostrado em público. Mas nem Michael e nem Adele viram, pois somente tinham olhos um para o outro. Notou pelo olhar apaixonado de Michael que aquela deveria ser a Adele.

— Boa noite! — Adele cumprimentou os dois homens meigamente.

— Boa noite. — Os dois homens responderam juntos.

— Adele, deixe-me apresentá-la ao Jonathan. Jonathan essa é Adele, Adele este é Jonathan. — Michael os introduziu.

— Muito prazer.

— O prazer é meu, Senhorita Adele. — Jonathan respondeu sorrindo. Adele cumprimentou sem tirar os olhos de Jonathan, e sentiu um arrepio de medo. Colocou as duas mãos nos braços, se abraçando, e Michael perguntou:

— Está com frio?

— Não, não. Está tudo bem, Michael.

Amora entrou na sala elegantemente vestida. Jonathan não podia acreditar na grande sorte que Michael tinha, uma mulher loira e a outra morena, e todas duas lindas que até doía os olhos.

— Boa noite! — Cumprimentou Amora, olhando para os três sem tirar os olhos de águia de Adele.

— Boa noite! — Os três responderam juntos novamente.

— Adele, esta é Amora. Amora estes são Adele e Jonathan — Michael apresentou os dois à Amora.

— Boa noite! — Foi o cumprimento frio que Amora soltou à Adele e Jonathan.

Antes mesmo que os dois pudessem responder, Gerald anunciou que o jantar estava servido. Os quatro foram andando, e ao chegar quase na sala de jantar, Adele pegou discretamente na mão de Michael, ele apertou a mão dela com carinho e colocou a mão em sua cintura. O que não passou despercebido à Amora e Jonathan.

Eles tomaram seus lugares que já estavam marcados com seus nomes e começaram a tomar a sopa de entrada.

Felizmente, Jonathan observou os outros e não fez um barulho ao levar a colher aos lábios. *Porcaria de sopa,* pensou Jonathan.

— Então Adele, você almeja ficar por muito tempo em Greystones? — perguntou Amora, fuzilando Adele com os olhos.

— Sim. Pretendo ficar um bom tempo *em minha casa,* e você, pretende ficar muito mais tempo?

— Ainda estou decidindo o que fazer. — respondeu Amora olhando maliciosamente para Michael, que não deu a mínima importância a resposta dela.

— Ah!! — Foi a resposta quase muda de Adele.

Continuaram a tomar a sopa em completo silêncio. Depois veio o prato principal, e Jonathan, que estava morrendo de fome, se esqueceu completamente dos bons modos. Comeu tudo com uma fome de leão, e com uma rapidez que não passou despercebido pelos outros três.

Ficou muito sem jeito quando se deu conta de que todos o olhavam com espanto.

— *Rum hum.* — Limpando a garganta e tomando um pouco de vinho tinto, ele disse sem graça — Desculpe ter comido tão rápido, estava com muita fome, desde cedo não comia. Não estou habituado a ficar sem comer por tantas horas.

— Você poderia ter pedido a Gerald que providenciasse alguma coisa para você, Jonathan — Michael falou secamente, reprovando a atitude dele.

— Não se preocupe, da próxima vez eu mando o mordomo me servir algo. — Foi a resposta curta e grossa.

Michael não gostava nada daquele sujeito e perdeu totalmente o apetite. Toda a sua alegria e vontade de pedir Adele em casamento se evaporou, gostaria que fosse um momento mágico, mas não houve uma oportunidade para isso. Falaria com ela sozinho em outra ocasião.

— Se todos estiverem terminados, vamos para a sala de chá? Poderemos conversar lá — Michael falou.

Sem pedir licença, e sem esperar que as mulheres se levantassem, Jonathan já foi a frente deixando Adele, Amora, e Michael para trás.

É um grosso mesmo, pensou Michael contrariado. Ao chegar à sala, todos se acomodaram em vários lugares, menos Jonathan, que explorava cada canto do cômodo. Olhava tudo com cobiça e não disfarçava nada. Michael e Adele se entreolharam e estavam incomodados com aquilo, quem quebrou o silêncio foi Amora.

— E então Jonathan, o que o trás à Greystones?

— Hum... — ele se virou. — Bem, minha mãe teve um filho com o Sr. Henry, que por acaso sou eu. Eu soube de sua morte e resolvi vir aqui.

— Você sabia disso, querido? — Amora perguntou olhando Michael com desejo.

— Claro que não! Se soubéssemos, Jonathan já estaria aqui a mais tempo. — Michael respondeu.

Gerald apareceu trazendo licor e todos beberam, Jonathan pegava um atrás do outro e já estava ficando alto. Sem pensar muito, ele se virou para Michael e falou em alto e bom som:

— E aí, quando receberei minha parte da herança? Nosso pai nunca ligou para mim e deixou minha mãe morrer a míngua. — Todos olharam para um Jonathan bêbado e sem nenhuma classe ou compostura.

— Jonathan, você não gostaria de se recolher, e amanhã trataremos desse assunto? — perguntou Michael secamente.

— O quê? Agora vai me mandar dormir? Essa casa... — Jonathan falava olhando ao redor e gesticulando o dedo — é minha também. Eu quero tudo o que me foi tomado durante todos esses anos! Você não acha justo, Amora?

Amora se assustou pelo seu nome entrar na conversa e apenas olhou para Jonathan, sem fazer nenhum comentário. Não gostaria de se envolver com aquele sujeito estranho, sem nenhuma classe, e muito menos ficar contra Michael. Ninguém disse uma palavra sequer, e Jonathan completou:

— Engraçado, né? O cara come a minha mãe, faz um filho nela, não assume, e quando morre eu ainda tenho que lutar para ter o que é meu de direito?

— Por favor, Jonathan. Comporte-se, e respeite as damas na sala. Não aprovo seu palavreado chulo e de baixo calão. — Michael falava rápido e com aborrecimento. — Vamos aguardar a vinda de nosso advogado que está tomando todas as providências necessárias para que você receba a sua parte.

— Ah sim! — Falou Jonathan rindo maliciosamente. — Agora você está falando a minha língua. Chega mais, Sr. mordomo, traz essa bebida aqui.

— Gerald, pode recolher o licor e os cálices, o Sr. Jonathan já bebeu mais que o suficiente. — Michael era puro mármore, seu semblante mostrava a sua fúria com Jonathan.

— O que você tem, hein, filhinho de papai mimado? Não sabe curtir a vida? — Jonathan se aproximou de Michael e ambos estavam quase na mesma estatura, Jonathan era apenas alguns centímetros mais baixo que Michael.

— Olha aqui, seu monte de ossos — Michael segurava Jonathan pelo colarinho da camisa com as duas mãos, estava possesso de raiva — Não deixarei que desonre o meu pai, e não permitirei que minha casa seja um antro de bebedeira. — Assustado, Jonathan colocou as duas mãos abertas pra cima em sinal de paz.

— Ok. Ok. Pode largar, eu já entendi que o filho bastardo aqui, não pode se misturar. Eu vou para o meu quarto, amanhã quando tudo estiver esclarecido eu irei embora. Boa noite senhoritas, Sr. Michael... — Jonathan fez uma reverência, debochando de todos naquela sala, e Michael não iria aceitar aquilo. As duas mulheres estavam chocadas por tanta falta de respeito e consideração, da parte de Jonathan com Henry.

Jonathan subiu as escadas cantarolando e foi direto para seu quarto. *Detesto aquele filhinho de papai metido e hipócrita.* Ele pensava.

XVI

Anna estava tentando a todo custo fazer amizade com Peter. Ele definitivamente não era igual a Jonathan; o rapaz tinha um coração e uma consciência, apenas andava com pessoas erradas, como o seu filho, Jonathan.

— Peter, por favor meu filho, pega aquela bacia, para eu amassar esse pãozinho aqui. — Na mesma hora Peter se levantou do sofá, onde assistia televisão e foi pegar a bacia.

Ele estava adorando ter a mãe de Jonathan ali, já tinha saído duas vezes de casa, e a Dona Anna nem sinal de que iria fugir. Claro, ele trancou as portas e levou as chaves, mas quando voltava, sempre encontrava a mãe de Peter trabalhando. A casa estava ficando um verdadeiro brinco de tão limpa, e Peter até medo de entrar e sujar a casa ele tinha.

— Entra... Entra meu filho, pode limpar os pés no tapete e entrar. — Ela dizia quando ele chegava da rua.

— Obrigado Dona Anna, a senhora é muito boa, não sei como Jonathan não agradece a mãe que tem.

— Ah! Meu filho, o Jonathan, é muito problemático, desde pequeno. Sempre revoltado e briguento, nunca entendi esse comportamento dele.

— Eu também *num* sei Dona Anna. Eu daria tudo nessa minha vida miserável pra ter uma mãe que nem a senhora.

— Você pode ser meu filho também, Peter, o meu coração é enorme e tem muito amor para dar. — Peter ficou muito emocionado e encheu os olhos com lágrimas.

— Obrigado, Dona Anna, isso é muito importante para mim. — Peter respondeu.

Anna sentia muita pena de Peter, e se pudesse o adotaria como filho, ele contou para ela a sua triste história, que a mãe tinha ido embora e o deixado muito novinho com o pai, que era bêbado e vivia sendo preso. Muito triste. Anna tinha um plano e sabia que logo, logo poderia colocá-lo em ação. Assim que Peter confiasse nela, ela iria pedir a sua ajuda. *Paciência, Anna! Paciência! E*la pensava. Por tudo que Henry foi e seria para ela, ela defenderia o filho de Henry, e iria largar mão de Jonathan, ele não a amava, não tinha respeito, e muito menos consideração por ela. Onde já se viu, sequestrar a própria mãe e ainda deixar na casa de um estranho? E se o rapaz fosse maluco, ou um psicopata? Anna nem queria pensar nisso. Todas as noites antes de dormir Anna rezava e chorava para Deus proteger o filho de Henry contra as garras de seu filho.

— Venha jantar, eu fiz um ensopado muito gostoso.

— Nossa Dona Anna, assim a senhora vai me colocar mal-acostumado. — Ele riu sem graça.

— Que isso meu filho, venha jantar, e me fale quais são seus planos para sua vida.

— Ah! Dona Anna, eu não faço planos não, sou muito pobre, e pobre nesse país não tem vez, a senhora sabe, né?

— Não! não sei nada disso, eu sei que se a gente for honesto e trabalhador, todos temos uma chance.

Você pode ter uma vida diferente daquela que seu pai te apresentou, meu filho... A gente é dono da nossa própria história. Você faz sua vida ser o que ela é.

Peter ficou olhando e ficou muito pensativo, nunca ninguém tinha falado isso para ele, e quando parou para pensar, ele compreendeu que genuinamente somos nós que escrevemos nossa própria história.

— E o que a gente precisa fazer, Dona Anna? Digo, como posso escrever a minha história? — Ele queria aprender, a mãe de Jonathan era esperta e tinha muito conhecimento.

— Primeiro você precisa se perguntar, onde quero estar daqui, digamos... a cinco anos? O que eu quero para minha vida? Quero ser como o pai que eu tive? Saindo e entrando de prisões, bêbado e pobre? A partir daí você traça a sua vida.

— Nossa, Dona Anna, mas o Jonathan sempre falou que a senhora trabalha, trabalha e não tem nada, então eu penso que ele tem razão, né?

— Essa casa é sua, Peter? — Perguntou Anna olhando a casa com os olhos e as mãos cruzadas sobre a mesa.

— Não. Eu não tenho moradia própria, essa casa é do açougueiro, ele me aluga por uma quantia por mês. O aluguel está atrasado tem uns dois meses.

— Você está com quantos anos, meu filho?

— Eu tenho trinta e dois anos, Dona Anna. — respondeu cabisbaixo. Anna olhou para Peter e o achou bem mais velho. Deve ser da bebida e das drogas, pensou Anna.

— Olha meu filho... Eu vou te dizer uma coisa, eu sempre trabalhei na minha vida e tinha uma vida muito boa. Comecei a trabalhar aos nove anos de idade, hoje estou com quase sessenta anos. Eu fui trabalhar em uma fazenda, e me apaixonei pelo senhor, que era um amor de pessoa, ele queria até casar comigo, acredita?

— É o pai do Jonathan, né Dona Anna? Ele me contou. Ele largou a senhora sozinha e sem dinheiro.

— Não meu filho, o Jonathan só escuta o que interessa a ele. Esse senhor me amava muito, muito mesmo, e eu também o amava, mas eu nunca quis estudar, tenho pouca leitura, e não aproveitei as oportunidades que a vida me deu. O dono da fazenda era um senhor muito digno, me amava tanto que todos os anos no Natal me presenteava com uma soma enorme de dinheiro no Banco de Londres.

— Então a senhora tem dinheiro? — Peter perguntou espantado.

— Não meu filho, eu não tenho dinheiro. Infelizmente, por eu não me achar a altura desse senhor, eu me envolvi com um empregado da fazenda, e ele me prometeu o mundo. Sem coragem de assumir o meu amor por esse senhor, e me achando inferior, eu fugi com esse outro homem.

— O pai de Jonathan? — perguntou ele.

— Sim. O pai de Jonathan. Quando ele ficou sabendo que eu tinha dinheiro ele fez tudo para me conquistar, e conseguiu. Quando eu fiquei grávida do Jonathan ele passou a beber, jogar e gastar todo o dinheiro que eu tinha com mulheres, bebidas, e apostas ilegais em jogos; foi tudo para o ralo, Peter.

— Dona Anna!! Não me conta isso, mas que cara de pau desse homem. — Peter arregalava os olhos com espanto.

— Pois é, eu fui muito boba, meu filho. Mas, o que eu quero te dizer é que embora ele tenha gastado todo o meu dinheiro e deixado eu e o Jonathan na miséria, eu sobrevivi, tenho minha moradia, que é minha, e nunca me faltou nada.

— Mas o Jonathan foi atrás de dinheiro do velho rico, e disse que é o pai dele, Dona Anna.

— Meu filho, o Jonathan está cada vez mais perturbado da cabeça, a bebida e as drogas estão fazendo ele ficar louco. Você não percebe? Ele não se importa nem comigo, que sou a mãe dele. — Anna estava tentando convencer Peter, ela tinha que conseguir.

— Mas eu não entendo! — falou Peter.

— Eu vou te explicar. O Jonathan quer responsabilizar uma pessoa que nunca me fez mal algum, que sempre foi a melhor pessoa no mundo para mim. Eu não posso Peter deixar isso acontecer. O Jonathan vai acabar matando alguém por causa de dinheiro. — Anna começou a chorar e colocou as duas mãos no rosto com a cabeça baixa.

— Por favor, Dona Anna, não chora. — Peter pegou na mão de Anna e sentiu muita pena dela. — A senhora é uma pessoa tão boa e decente, eu vou te ajudar. O que precisamos fazer?

Anna finalmente viu que tinha conseguido conquistar a confiança de Peter. Suas orações não foram em vão.

XVII

Enquanto isso em Greystones, Michael estava aborrecido e contrariado, Adele estava possessa pela impertinência de Amora em perseguir e aborrecer Michael e Amora queria matar Adele, de tanto ciúme.

— Michael, quem essa Amora pensa que é? — Adele perguntou encarando Michael com raiva.

— Querida, eu já te expliquei... Eu não posso mandá-la embora, além de ser muita falta de educação, o pai dela é um dos maiores investidores em uma de minhas fábricas. — Michael estava desolado e muito contrariado.

— Michael, precisamos conversar urgentemente. — Amora apareceu na porta da sala e chamou Michael. Não estava com ares de coisa boa.

— Com licença, querida. — Michael falou segurando no cotovelo de Adele e dando uma apertada de leve.

— Pode ir, Michael, eu vou me retirar para meu quarto. Fique à vontade com sua visita. — respondeu Adele dando as costas para Michael e passando sem nem olhar para Amora.

— Adele... Espere... — Michael saiu atrás de Adele e a pegou pelo braço carinhosamente. Encostou seus lábios no ouvido dela e sussurrou— Eu vou mais tarde ao seu quarto e esclareço tudo, tá bom? Você é a minha vida, nunca se esqueça disso, eu te amo mais que tudo neste mundo, você é o meu amor e nada nem ninguém irá mudar isso.

Adele arrepiou da cabeça aos pés e olhou nos olhos de Michael. Viu que ele não estava mentindo, e sentiu pena por ele se encontrar em tantos problemas e contratempos.

— Ok. Te aguardo mais tarde — falou carinhosamente e bem baixinho. Sem olhar para Amora ela subiu os degraus para seu quarto. Adele não sabia o que pensar. *Quem era essa Amora? Que ousadia era essa de ficar dando em cima de Michael? Isso tinha que ser resolvido o mais rápido possível.* Adele não iria aceitar tal desaforo. Michael teria que se explicar muito bem o que realmente estava acontecendo e porque essa mulher estava lá.

— Michael querido, venha aqui. — Amora falava com voz sedutora e sensual, querendo assim conquistar Michael.

— Agora não Amora, por favor. — Respondeu Michael aborrecido.

— Nossa querido, assim eu vou ficar muito chateada com você. Afinal, eu vim de Londres para te fazer companhia e sou tratada desse jeito, com total desprezo... Eu realmente não preciso desse tipo de tratamento. — Amora estava realmente muito chateada e já cogitava sua volta para Londres. Conforme fosse a conversa de agora, ela mandaria arrumar suas coisas e iria embora, nunca precisou de andar atrás de homem e não seria agora que iria começar.

— Desculpe Amora, acho que fui um pouco grosso com você e peço perdão. Se papai estivesse aqui, teria chamado a minha atenção. Sente-se aqui, preciso de sua amizade e compreensão neste momento.

— Claro! Sou toda ouvidos.

— Como você sabe, eu fui adotado, certo? — Michael iria expor o seu coração para Amora no intuito de obter a sua compreensão.

— Sim querido, você me falou qualquer coisa assim.

— Então. O único pai de que me lembro realmente é de meu pai que acabou de falecer. O meu pai biológico é somente uma vaga lembrança para mim, embora eu o respeite. Como você bem sabe eu fiquei órfão muito cedo.

— Sim. Continue. — Ela estava interessada em saber até onde aquela história iria dar.

— Pois bem. — Michael falava como que para si mesmo e deixou que suas emoções viessem à tona. Não estava preocupado de parecer fraco aos olhos de Amora, o que ele queria era se entender com Adele, e deixar claro para Amora que eles nunca teriam chance.

— Continue querido.

— Eu estou muito abalado com a morte de papai e sobrecarregado com tudo o que está acontecendo e ainda me aparece esse Jonathan, que tenho certeza que está mentindo para tirar dinheiro.

— Não tive uma boa impressão dele, querido. Na verdade, eu senti muito medo quando ele me olhou. — Amora falou com os olhos arregalados.

— Eu quero que você saiba que o que nós tivemos em Londres Amora, foi muito bom, mas acabou! Foram alguns encontros em que ambos nos divertimos e nada mais, eu peço que você entenda que eu a tenho somente como minha amiga... Você é uma mulher linda e fascinante e não merece estar ao lado de um homem que não te ame realmente com todas as forças.

— Realmente, Michael, eu não mereço, mas eu amo você querido, e sei que posso fazer você me amar um dia.

— Não minha querida, jamais a amarei. Gosto de você como a pessoa maravilhosa e engraçada que você é. Mas, não passa disso. Você merece alguém que a ame verdadeiramente. Peço, por favor, que você não insista nisto.

— Oh! Michael! — Amora estava com os olhos mareados de lágrimas. — Eu amo tanto você. — Ela contestou fungando.

— Você acha que ama, porque nós dois nos divertimos e foi bom, mas acabou. Você é uma bela mulher e sei que tem muitos pretendentes a sua espera em Londres.

— Sim. Sim. Tenho muitos pretendentes, mas amo somente um: você! — Amora respondeu com insistência.

— Sabe minha querida, eu não estou em um momento bom para isso, sinto decepcioná-la. Estou muito triste e sobrecarregado com tudo e agora não é o momento para romances. Você poderá ficar em Greystones pelo tempo que você quiser, sempre será bem-vinda em minha casa. — Michael era carinhoso e pegou nas duas mãos de Amora e as levou aos lábios, dando um beijo carinhoso.

Amora sentiu pela primeira vez que Michael falava a verdade e sentiu pena dele, por estar enfrentando tantos dissabores.

— Está bem Michael, eu já entendi. Irei embora amanhã de manhã. Não pense que fiquei magoada, estou triste, isso é certo, mas nada forçado é bom, e preciso te confessar, eu já estou cansada desse silêncio todo. — Eles sorriram juntos e se abraçaram, como amigos que eram. Amora não era uma má pessoa, era apenas muito insistente.

— E essa Adele, hein? Me conta essa história. — Ela estava querendo saber tudo.

— Não, estou cansado e quero descansar. Uma outra ocasião eu te conto tudo, prometo. — E com isso, Michael se levantou e deu o braço para Amora. Iria acompanhá-la ao seu quarto e depois de um bom banho iria procurar Adele, o seu verdadeiro e único amor.

Duas horas depois, Michael entrou furtivamente no quarto de Adele. Adele estava em pé, somente de camisola curta, encostada no parapeito da janela. A noite estava quente, e ela queria receber o frescor da noite.

Assim que ouviu a porta se fechando ela olhou e viu um Michael abatido e preocupado. Resolveu ali que daria muito amor a Michael, e nada de julgamentos e problemas.

Correu ao seu encontro e o abraçou profundamente. Michael a tomou em seus braços e não precisaram de palavras, beijos e abraços *calientes* eram trocados entre ambos, e logo eles estavam na cama se amando e jurando amor um pelo outro.

Nada importava a não ser o amor entre eles. Após estarem saciados e felizes eles começaram a conversar.

— Querido, você não me mostrou a surpresa? — falou Adele sorrindo.

— Amanhã eu te mostro, meu amor, agora eu só quero estar com você em meus braços, e sonhar que nada poderá nos separar.

— Nunca pense isso Michael, eu estarei sempre aqui. Eu te prometo. — Adele abraçava Michael, e estava confiante de que nada mudaria entre eles. Jamais!

Ambos ficaram em silêncio até dormirem profundamente um nos braços do outro.

XVIII

Amora saiu de Greystones exatamente às 7:00 horas da manhã. Não gostava, nem queria despedidas desnecessárias. Não conhecia Jonathan, e muito menos Adele, portanto, não haveria necessidades de se despedir.

A única pessoa que importava naquela grandiosidade de casa era Michael, e ele deixou claro que não estava interessado. Amora até que se sentia grata, claro que jamais admitiria isso, mas já não aguentava mais ficar naquele *paradão* todo. Nada acontecia ali — ela pensou sorrindo para si mesma.

— Sentirei saudades, Michael. — falou Amora dando um abraço afetuoso em Michael e oferecendo seus lábios a ele.

— Também sentirei falta de sua companhia. Quando for a Londres tirarei um tempo para visitá-la. — Michael abraçou Amora e deu um beijo em sua bochecha.

Embora decepcionada, Amora não demonstrou.

— Lembranças à todos os outros. — Entrou no carro que iria deixá-la na estação de trem, e não olhou para trás.

Após a saída de Amora, Michael deu um suspiro de grande alívio, e subiu para seu escritório. Tinha muito o que pensar e fazer antes de Brian chegar.

Alguém bate na porta.

— Entre — respondeu Michael.

— Boa tarde, amigo! — Brian entrou sorrindo e já se dirigindo ao amigo de braços abertos.

— Brian... Que surpresa agradável! — Michael o abraçou dando tapinhas em suas costas. — Eu o esperava mais tarde.

— Pois é, vim o mais rápido possível. Papai manda avisar que o almoço está a mesa. Depois te colocarei a par de tudo, você vai se surpreender, mas vamos almoçar, eu estou faminto — Brian falou sorrindo e abraçou o ombro do amigo.

— Vamos! — Michael ficou preocupado, mas confiava no amigo e advogado e sabia que se fosse caso de muita urgência ele jamais deixaria para depois.

Após se sentarem à mesa, Michael olhou ao redor.

— Onde está Jonathan, Gerald? — perguntou Michael com seriedade.

— Quando entrei no quarto pela última vez, ele ainda estava dormindo, e gritou comigo quando eu o chamei pela quarta vez. — Gerald balançava a cabeça em reprovação.

— Adele não vai almoçar?

— A Senhorita Adele está indisposta, e pediu sua refeição no quarto.

— O que foi Gerald, devo me preocupar? — Michael perguntou apreensivo, o que não passou despercebido a Brian.

— Não há nada com que se preocupar Sr. Michael, ela está bem, Amélia já foi vê-la. Apenas uma indisposição. Ela acha que foi do jantar de ontem. — Gerald respondia tudo polidamente.

— Depois então irei vê-la. — Michael olhou para Brian e sorriu. — E então amigo, como você está?

— Estou bem Michael, preocupado com toda essa história absurda, tio Henry nunca mencionou filho. Após o almoço vamos falar sobre isso no seu escritório, tenho muito para te contar. — Brian estava muito sério.

— Ok. Vamos almoçar e depois conversaremos.

O almoço transcorreu bem e eles conversaram sobre vários assuntos. Eles eram jovens, inteligentes, e tinham muitas afinidades. Eram amigos desde pequenos.

Adele não se sentia nada bem, já havia vomitado duas vezes nessa semana e não entendia o que poderia ter comido para fazer tanto mal a sua saúde.

Jonathan não queria ver a cara de Michael, e muito menos a do advogado da família.

Eles com certeza iriam fazer bastantes perguntas, e Jonathan não teria como responder a todas elas.

As coisas estão saindo do meu controle, pensava Jonathan, comendo ferozmente o seu cordeiro, que o mordomo tinha trazido ao seu quarto. Nunca em sua vida tinha comido uma carne tão boa e macia, tudo que sempre comia eram coisas de segunda categoria. Sua mãe cozinhava bem, mas nunca tinham dinheiro para produtos de primeira qualidade. *Logo, logo, tudo isso vai mudar*, pensava Jonathan rindo, *serei rico e comerei do bom e do melhor*. Recostou na cadeira e suspirou tomando mais um pouco de vinho. *Esse vinho deve ser de primeira.*

***

Adele comeu todo o almoço e se sentiu bem melhor, mas achou melhor ficar deitada e acabou cochilando. Michael abriu a porta do quarto de Adele e entrou devagar. Viu sua amada recostada nos travesseiros dormindo serenamente. *Como eu te amo!* Pensou Michael.

Saiu sorrateiramente para não a acordar. *Ela é linda demais!* Descendo as escadas, encontrou Gerald dando instruções aos funcionários.

— Gerald, avise Brian que quando ele estiver pronto, eu estarei no escritório. Também quero saber quando a Senhorita Adele se levantar, por favor.

— Claro, Sr. Michael. Vou avisar a Brian e Amélia.

Michael foi para seu escritório.

Jonathan bebeu toda a garrafa de vinho e estava dormindo novamente quando Gerald abriu a porta para recolher os pratos. *Esse não quer nada com a vida,* pensou Gerald balançando a cabeça.

Brian bateu na porta do escritório de Michael e antes mesmo de Michael responder, Brian já foi entrando, eles eram grandes amigos e não tinham cerimônia um com o outro.

— Entre, Brian. Quais são as novas? — perguntou Michael ansioso.

— Não tenho boas notícias, Michael. Esse Jonathan é uma completa fraude. Pelo que pesquisei, a mãe dele, Anna, realmente trabalhou aqui desde os nove anos de idade. Tio Henry a amava, e a teve em sua companhia por longos anos. Todos os anos ele depositava grandes quantias em dinheiro no Banco de Londres, especificamente no Natal para ela. — Michael ouvia tudo atentamente enquanto Brian lhe contava tudo sobre Jonathan e Anna. — Ela fugiu de Greystones com um empregado da fazenda, um tal de Harold

Jackson. Eu tenho aqui comigo todos os depósitos que foram feitos ao longo de muitos anos na conta de Anna. Ela tinha muito dinheiro. Eles fugiram e foram morar na França, mas quando ela ficou grávida do filho, que é esse Jonathan, o pai dele começou a beber, farrear e acabou com todo o dinheiro dela.

— Continue, Brian. — Michael disse.

— Anna, sem dinheiro, e sendo muito maltratada por Harold, fugiu para Leeds onde vive até hoje. O marido foi atrás dela e expulsou o filho de casa, e o pai foi assassinado. Nunca acharam o assassino, mas encontraram os restos mortais de Harold em um lote abandonado. Ele foi esfaqueado, a faca nunca foi encontrada, e muito menos o assassino. Como é de se esperar, nunca quiseram saber realmente quem o matou. A polícia não tem tempo para isso, como você bem sabe.

Brian falava calmamente para que Michael absorvesse toda a história, e pausou por um segundo.

— Sim. Sim... Continue Brian. — Michael disse.

— Não foi encontrada nenhuma certidão de óbito de Anna. Nada! A casa dela estava em completa desordem, tudo esparramado pelo chão, como se tivesse sido invadida, e não estava trancada, alguém saiu às pressas. Os investigadores foram até a mansão que Anna trabalha como cozinheira e a patroa disse que ela pediu para não trabalhar no sábado, pois viria a Brighton para o enterro de uma irmã. Foi constatado que Anna não tem irmãos, o que papai e mamãe também me confirmaram, assim que cheguei.

— A conclusão que eu e os investigadores chegamos Michael, é que Anna foi sequestrada pelo próprio filho, e está em cativeiro enquanto ele veio para cá, tentar obter alguma vantagem com a morte de tio Henry.

— Isso precisa ser resolvido o mais rápido possível, Brian. — Michael falou pensativo.

— Claro! Claro! Se for provado a fraude de Jonathan, ele poderá passar muitos anos na cadeia. Temos que tentar achar Anna. Os investigadores estão a procurando. Nós vamos encontrá-la em breve.

— Com certeza a encontrarão. Vou ver como Adele está se sentindo, e voltaremos a nos reunir. — falou Michael, já se levantando.

— Ela está doente? — Brian perguntou solicito.

— Apenas uma indisposição. — Michael segurou o amigo pelo braço e olhando para ele disse, — Estou apaixonado amigo e pedirei a mão de Adele em casamento. Veja o anel que comprei para ela, Michael retirou do bolso a caixinha azul delicada e mostrou a joia ao amigo.

— Meu amigo! Estou muito feliz por você e Adele. Vocês merecem toda a felicidade deste mundo. Agora entendo a recusa do convite que fiz a ela, para jantar comigo em Londres. — Brian falou sorrindo.

— Você a chamou para jantar? — Michael perguntou olhando para Brian sorrindo e disfarçando estar bravo.

— Sim amigo, chamei. Nos encontramos por acaso em uma cafeteria e eu a convidei para jantar, ela soube dar uma desculpa malfeita e me colocou a mil metros de distância, educadamente, é claro! — Brian sorria ao falar.

Os dois amigos riram e por um instante esqueceram de Jonathan e dos inúmeros problemas.

— Ela é linda, hein Brian? — Michael estava feliz, e Brian estava feliz por Michael.

— Bem... ela é linda! Mas já tem dono, e Deus me livre mexer com ela! — Os dois riram e se abraçaram.

***

Michael chegou ao quarto de Adele e a encontrou vestida graciosamente, sentada lendo um livro.

— Está melhor, meu amor? — perguntou Michael entrando no quarto.

— Oh! Michael... Que felicidade em ver você. Sim... Estou bem, apenas uma indisposição boba. Amanhã com certeza estarei melhor, vou comer pouco para não ficar indisposta.

— Querida, venha aqui. — Michael pegou em sua mão e a conduziu até a janela. Ficaram de frente um para o outro. — Ontem... — começou Michael — eu disse que tinha uma surpresa para você, mas fiquei tão aborrecido e contrariado com esse Jonathan, que perdi todo o encanto da surpresa.

— Sim, amor! Foi realmente muito desagradável... Mas está tudo bem agora, estamos só eu e você aqui.

Michael sorriu, e se ajoelhou de frente à Adele com uma caixinha azul nas mãos.

— Adele, amor da minha vida, você quer se casar comigo? — Michael disse. Adele colocou as duas mãos na boca e começou a chorar.

— Oh Michael! Sim. Sim! Sim!! Eu quero me casar com você, e viver todos os dias da minha vida com você, meu grande e único amor. — Adele gritava de alegria.

Michael levantou e tomou Adele em seus braços e a beijou longamente. Afastando-se de Adele, ele disse:

— Deixe-me colocar este anel em seu dedo. É a coisa mais emocionante que já fiz em toda a minha vida — Michael falava para Adele.

— Obrigada, Michael, por ser você e nenhum outro. Por me amar, me deixar te amar, e por estar em minha vida. Eu te amo Michael!

— Eu te amo, Adele! — Michael abraçou Adele e os dois ficaram muito tempo assim até que Adele se afastou e disse:

— Eu nem vi o meu anel! Que absurdo! — Os dois riram e foram contemplar tamanha beleza.

— É lindo, Michael! Onde o encontrou?

— Era da filha de um Czar que o herdou, e não gostou e colocou a leilão, mas não foi a um leilão que eu comprei. A joalheria veio aqui, no dia seguinte de sua partida para Londres. Eu já estava decidido que queria passar o resto da vida ao seu lado.

— Você me surpreende a cada dia meu amor. Serei sua para sempre, independente de casamento ou não. Você sabe disse, certo? — Perguntou Adele encarando Michael.

— Eu sei, minha querida, mas eu quero fazer a coisa certa e o certo e pedi-la em casamento. Vamos resolver esse problema com Jonathan e assim poderemos nos dedicar somente a nós dois.

— Sim. Vamos resolver tudo primeiro. Eu estou muito feliz Michael. — Você é tudo o que sempre quis em minha vida.

***

Eles se beijaram por um longo tempo e depois se sentaram para conversar. Michael colocou Adele a par de tudo o que foi conversado com Brian.

— Então pelo que parece esse Jonathan é um impostor, Michael? — Adele estava assustada.

— Sim. Parece que é. Vamos aguardar o restante das investigações para ver se Anna aparece ou se a encontramos em algum lugar.

— Tomara que sim, Michael. — Adele estava com medo e só de pensar em Jonathan ela se arrepiava. Não tinha gostado da maneira que ele a olhou no primeiro dia.

XIX

Adele amanheceu vomitando e passando muito mal. Tudo o que colocava no estômago, ela vomitava. Amélia estava com ela no quarto e não estava gostando nada daquilo.

— Vou descer e preparar um chá. Com licença. — Amélia saiu do quarto e foi direto falar com Michael. Encontrou Michael tomando café da manhã com Brian.

— Bom dia Sr. Michael. — Amélia o cumprimentou.

— Bom dia Amélia. Está tudo bem? — Michael perguntou apreensivo, raramente Amélia se dirigia a ele para quaisquer assuntos, isso era função de Gerald.

— A Senhorita Adele não está passando bem. Eu desci para fazer um chá, mas acho melhor chamar o Dr. John para dar uma olhada nela. Ela está vomitando muito.

— Obrigada Amélia, irei imediatamente avisar a Gerald, para entrar em contato com o Dr. John. — Michael estava visivelmente preocupado.

— Michael, deixa que eu vou a Brighton e já trago o médico. Irei o mais rápido possível. — Brian falou e já foi se levantando.

— Muito obrigado, amigo. Vou subir para ver como ela está. — Michael o abraçou e subiu as escadas correndo para o quarto de Adele. Adele estava pálida e recostada aos travesseiros. Já tinha tomado o banho, mas estava de pijamas.

— Bom dia meu amor! — Michael se aproximou beijando a testa dela com carinho.

— Bom dia meu querido! — falou Adele com voz fraca.

— Como está a noiva mais linda do mundo?

— Não sei o que tenho comido Michael para me fazer tão mal. Todos os dias pela manhã tenho vomitado muito e no meio do dia tenho muitas náuseas.

— Brian já saiu para buscar o Dr. John e se bem o conheço em meia hora estará aqui com o médico para examiná-la. — Michael falava com um tom afetivo.

— Oh! Michael! Não quero dar esse trabalho todo a vocês. Sei que tem coisas importantes a resolver. — Adele estava muito aborrecida, mas cansada por conta dos vômitos.

— Não é trabalho nenhum e não há nada mais importante no mundo do que minha futura esposa — Michael se curvou e deu um beijo nos lábios de Adele.

— Obrigada Michael, acho que comi algo que não me fez bem, mas vamos aguardar o que o Dr. John tem a dizer.

— Amélia subirá com um chá, procure repousar. Vou aguardar Brian com o médico e subo com eles. — Michael se levantou da cadeira e deu um beijo na testa de Adele.

— Obrigada querido — falou Adele com voz fraca.

Michael desceu e encontrou Amélia já com uma bandeja com chá e torradas.

— Ela precisa colocar alguma coisa no estômago, vazio desse jeito vai ser só vomitando — falou Amélia já subindo as escadas.

— Obrigada Amélia. — Michael sorriu agradecido.

Amélia já desconfiava que a Senhorita Adele estava grávida, mas não disse nada, ela já tinha passado por isso e conhecia todos os sintomas. Como Adele era muito nova e inexperiente, não desconfiou de nada. Com certeza o médico iria dizer. Em menos de vinte minutos, Brian e John chegaram. O médico, como sempre, estava impecavelmente vestido, todo de branco.

— Bom dia Dr. John! — falou Michael já cumprimentando o médico de família com um aperto de mãos.

— Então a nossa menina, de novo? — falou John sorrindo para Michael. Eles se conheciam desde sempre.

— Sim. Uma terrível indisposição.

— Vamos subir e examiná-la — falou Dr. John já subido as escadas para o espaçoso quarto de Adele.

Adele já tinha comido as torradas e tomado todo o chá, a cor de seu rosto já tinha voltado e não estava mais tão branca. Amélia estava no quarto com ela.

— Bom dia Senhorita Adele! — falou Dr. John entrando no quarto e sentando-se a beira da cama. — Ele a conhecia desde bebê.

— Bom dia Dr. John! Como tem passado? — Adele perguntou meigamente.

— Eu estou ótimo, vamos ver essa mocinha como está. Por favor, — falou olhando para Brian, Amélia e Michael, podem nos dar licença? — gostaria de examinar a Senhorita Adele particularmente.

— Claro! Claro! Vamos todos aguardar lá embaixo. — Michael deu uma última olhada em Adele e piscou um olho sorrindo. Ela retribuiu o sorriso. Quando todos saíram o médico olhou para Adele e disse:

— O que você anda sentindo, e desde quando?

— Há cerca de quatro dias, quando me levanto, sinto muitas náuseas e tenho muitas ânsias de vômito.

— Sentiu seus seios maiores, doloridos?

Adele apalpou os seios e certificou-se de que estavam um pouco doloridos.

— Sim, estão um pouco doloridos e parecem inchados. Estou com algum problema sério Dr. John?

— Calma mocinha, o médico falou sorrindo, ainda estamos examinando. Nada para se preocupar.

— Está bem. Estou perguntando pois acabei de ficar noiva e não gostaria de morrer tão cedo. — Adele sorria iluminada.

Ela é linda, pensava o médico.

— Parabéns! Que notícia maravilhosa. Michael será muito feliz ao seu lado.

— Ele já tinha contado? — perguntou ela surpresa pelo médico já saber que era Michael.

— Não! Mas só de olhar para Michael contemplando você, pude ver que está completamente apaixonado — disse o médico sorrindo amigavelmente. Adele sorria maravilhada. — Querida, há quanto tempo suas regras estão atrasadas?

— Ah! Não tenho certeza, mas elas nunca foram certinhas mesmo, por isso nunca me preocupo.

— Acho que sei o que você tem. Por favor, levante a blusa do pijama e abaixe as calças um pouquinho, não precisa descer muito, apenas para eu olhar seu ventre.

John apalpou o ventre delicadamente de Adele e constatou que estava inchado também e pediu licença para examinar seus seios, estavam inchados.

— O que eu tenho Dr. John? É grave? — Adele estava quase chorando.

— Não é nada grave. Você está grávida querida!

— O que? Meu Deus! Grávida! — Adele sorria de orelha a orelha e começou a chorar.

— Calma! Calma! John a abraçou. Vai ficar tudo bem. Vou lhe receitar algo para os enjoos matinais, mas é muito importante que você se alimente bem e não fique com o estômago vazio, para não dar mais enjoo. Você terá também um pouco de tonturas, somente no começo e emagrecerá um pouco também. Tudo normal! Dentro dos conformes. Quero vê-la em meu consultório todos os meses para te acompanhar. Certo?

— Obrigada Dr. John. — Adele agradeceu sorrindo, gostaria de mim mesma dar a noticia a Michael, pode ser?

— Claro querida! Jamais falaria nada sem sua permissão. — John guardou todos os equipamentos na sua pasta e deu um aperto de mão em Adele. — Ficará tudo bem, se precisar é só chamar. Até logo!

— Está bem. Obrigada!

Após a saída de John, Adele segurou com as duas mãos sua pequena e nada saliente barriga e sentiu todo o amor do mundo inundá-la. — Meu bebê amado, seja bem-vindo — Ela falou sussurrando e sorrindo.

— Adele, posso entrar querida? — Michael estava na porta do quarto com ares de preocupação.

— Claro querido, entre!

— Está tudo bem? Dr. John não quis me dizer nada e estou muito preocupado com você. Como se sente? — Michael estava na beirada da cama segurando a mão de Adele. — Por favor, meu amor, diga logo o que você tem? Estou muito preocupado e com medo. Não quero te perder, Adele. — Michael estava quase chorando.

— Calma querido! Nós estamos muito bem.

— Nós? Não entendo!

— Vamos ter um bebê Michael, eu estou grávida!
— Adele sorria como nunca.

— Meu Deus! Meu amor! Não acredito em tamanha
felicidade. — Michael abraçava e beijava Adele em todos
os lugares e ela ria como criança.

— Estou tão feliz Michael, tão feliz! Minha
felicidade não cabe em mim. — Adele abraçou Michael e
os dois ficaram assim por um longo tempo.

— Eu também meu amor, estou muito feliz e esse
filho veio para nos encher de alegria e felicidade após
a morte de papai.

— Sim. Ele será a continuação de nossa família —
Adele falou recostando sua cabeça no ombro de Michael.

— Posso contar aos outros? Estou tão feliz meu
amor. — Michael se afastou e encarou Adele.

— Deixa resolver a situação de Jonathan primeiro,
pois tenho medo de ele tentar alguma coisa contra nós,
depois poderemos contar a todos. — Adele falou
meigamente olhando para Michael.

— Isso é sensato de sua parte. — Vou descer e
tranquilizar a todos de que é somente uma indisposição.
— Michael beijou Adele mais uma vez e olhando em seus
olhos disse: — Você me fez o homem mais feliz do mundo.
Obrigado, meu amor! Eu te amo!

— E você me faz feliz todos os dias. Eu também
te amo, Michael.

Michael deixou o quarto de Adele e foi ao encontro
de todos que estavam lá embaixo aguardando as notícias.

— Não precisam se preocupar, Adele está bem. Logo,
logo teremos os resultados. No mais agradeço a todos.

— Vamos, Brian — Michael chamou Brian para subir ao escritório. Assim que chegaram ao escritório, Michael encostou a porta e olhou para Brian, pois por sua expressão, já sabia que havia novidades.

— Michael, temos notícias. A mãe de Jonathan foi encontrada e já está a caminho com os dois investigadores.

— Ótimas notícias, Brian. Anna poderá atestar que Jonathan não é filho de papai.

— Sim. Vamos aguardar. Somente mais a tarde eles chegarão. — Os dois amigos sorriram um para o outro e foram conversar novos assuntos. Brian era uma pessoa muito discreta e não perguntou nada a Michael sobre Adele. Se o amigo quisesse, ele mesmo o contaria.

XX

Os policiais descobriram que Anna ainda estava viva e que trabalhava para a família Riley. Os policiais se identificaram e pediram para chamar a Senhora Riley. A senhora Kira Riley era uma velhinha curvada, muito graciosa e elegante.

— Bom dia! Estamos procurando a Senhora Anna Jackson. Nos informaram que ela trabalha aqui. — Um dos homens falou educadamente.

— Bom dia. Quem gostaria de falar com a Anna? — Perguntou desconfiada.

— Meu nome é Wilson Hudson e sou da polícia. — identificou um dos homens, mostrando sua identificação.

— Sim... sim... A Anna trabalha aqui há cinco anos. Aconteceu alguma coisa? — a Senhora Kira Riley, patroa de Anna, perguntou assustada.

— Não com a Senhora Anna. Precisamos saber informações sobre o filho dela, o Sr. Jonathan.

— Ah! Sim... a Anna pediu para não comparecer ao trabalho, no sábado. Disse que iria a Brighton para o enterro de sua irmã e que voltaria na segunda-feira. Mas não apareceu mais. — Respondeu a Senhora Kira com voz rouca.

A Senhora Kira forneceu o endereço a eles.

— Então iremos à casa dela. Agradeço sua atenção, tenha um bom dia. — Ao chegarem à casa de Anna, encontraram tudo jogado e a casa abandonada. Fizeram várias perguntas aos vizinhos e descobriram que havia um amigo, que sempre estava com o filho de Anna e que morava um pouco mais para baixo em uma casa pequena, pintada de verde, *mas o verde é bem descamado*, ressaltou o senhor da quitanda. Os dois agradeceram e foram até a casa. Descobriram que a casa estava fechada, e ao fazerem perguntas aos outros vizinhos, ficaram sabendo que Anna e Peter, esse era o nome do rapaz, haviam saído fazia pouco tempo.

— Sim... saíram com uma pequena maleta. — Um dos vizinhos falou. Os homens deduziram que Anna e Peter só poderiam estar na estação.

Anna finalmente convenceu Peter a ajudá-la, e os dois estavam na estação para pegar o trem para Brighton.

— Dona Anna, o Jonathan vai me matar, a senhora sabe disse, né? — Peter perguntou a mãe de Jonathan, porque sabia que o filho dela era um louco e tinha assassinado o pai.

— Vai dar tudo certo meu filho, eu não vou deixar que nada te aconteça, confie em mim. — falou Anna segurando no braço de Peter.

— Tá bom, Dona Anna, eu confio na senhora.

Quando os dois estavam quase embarcando no trem, chegaram dois homens de terno preto.

— Boa tarde! A Senhora é a Dona Anna Jackson? — um dos homens perguntou.

— Sim, sou eu. — Anna falou apreensiva.

— Por favor, Dona Anna, a senhora poderia nos acompanhar? Somos da polícia e parece que seu filho está encrencado em Brighton.

— Nós estávamos justamente pegando o trem para ir a casa do Senhor Henry, falar com o filho dele. Esse é o Peter. — Anna falou apresentando Peter e sendo muito educada.

— Então podemos dar uma carona a vocês. Também estamos indo para lá.

— Estou sendo presa? — Anna perguntou preocupada. — Que tipo de encrenca meu filho Jonathan aprontou agora?

— A senhora não está sendo presa, o senhor Michael, filho do Sr. Henry, gostaria de saber alguns assuntos relacionados a seu filho, que se diz ser filho do Sr. Henry. Isso procede Senhora Anna?

— Não... Sr. policial... Isso está errado. Nunca tive filho com Henry e Jonathan não me escuta, eu estava indo com Peter para Greystones, justamente para isso, esclarecer as coisas com o Sr. Michael. — Anna falava tudo com profunda tristeza na voz.

— Então Jonathan não é filho do Sr. Henry? — é isso o que a Senhora está dizendo?

— Sim. Ele não é filho de Henry, embora ele teime que é.

— A senhora gostaria de ir conosco ou prefere ir de trem? O nosso carro é bem confortável — O policial era muito educado. Anna ficou pensativa por alguns instantes, sem saber que atitude tomar. Olhou para Peter que nada demonstrava em sua expressão.

— Como saberei que vocês dizem a verdade? — Anna perguntou, Peter balançou a cabeça achando a mãe de Jonathan muito inteligente. O policial retirou sua identificação e mostrou a eles.

— Aqui está Dona Anna — falou mostrando.

Ela na mesma hora reconheceu a identificação da polícia e ficou apreensiva.

— O que você acha, Peter? — ela perguntou.

— Vamos com eles Dona Anna, eles disseram que não vão nos prender. — Peter respondeu no ouvido de Anna.

Anna balançou a cabeça concordando.

— Vamos com vocês, vamos filho... — ela pegou no braço de Peter e foram para o carro. — O que vai acontecer com o Jonathan, senhor? — Anna perguntou aflita.

— Ele está se passando por filho de quem não é, então isso é um crime grave, somente um juiz poderá decidir isso. Ele pode pegar uns bons anos na prisão.

— Ai meu Deus! Esse menino não tem juízo mesmo, estou sempre preocupada e dando conselhos, mas ele não me escuta Sr. policial. — Anna era muito simples e falava tudo como se estivesse falando sozinha.

— Sabemos como é isso. — O investigador respondeu sentindo muita pena da mãe de Jonathan. Por tudo o que ele investigou, Jonathan era um completo malandro e vagabundo, e somente ainda não tinha sido preso por roubo, estelionato e tráfico de drogas por pura sorte. *A mãe pelo jeito não sabe nada sobre o filho*, pensou o investigador. Ele e o policial não deram mais conversa e todos seguiram viagem no mais completo silêncio.

Enquanto isso em Greystones, Jonathan não fazia a mínima ideia de que sua mãe tinha sido encontrada e estava a caminho. Jonathan resolveu que deveria sair do quarto, para não dar muito na cara que estava se escondendo. Resolveu tomar banho e descer para esperar até a hora do jantar. Iria fazer uma ronda pela propriedade e ver do que a idiota de sua mãe tinha aberto mão. Ele não se conformava da mãe não ter se casado com o velho rico. *Era muita idiotice, trocar o dono pelo empregado.* Ele pensava aborrecido. *Tudo isso poderia ser meu agora, mas a burra fugiu com o fracassado.* Jonathan estava com ódio da mãe. Circulando a propriedade, viu um grande galpão e resolveu entrar. Ali havia uma dúzia de funcionários fazendo móveis, cortando tábuas, desenhando, pintando, e Jonathan ficou confuso.

— O que é isso aqui? — perguntou a um dos funcionários que estava pintado uma linda poltrona.

— Aqui é a fábrica de móveis do Sr. Michael — respondeu um dos funcionários, analisando Jonathan. — E você, quem é?

— Meu nome é Jonathan e sou filho do velho que morreu. — Ele respondeu com gozação.

— Filho do Sr. Henry? Nunca aqui ninguém ficou sabendo que o Sr. Henry tinha outro filho, isso é novidade pra gente — O empregado era tão simples quanto Jonathan.

— Pois é, por isso eu tive que vim aqui pessoalmente para mostrar que eu existo. Ninguém liga pra filho bastardo, mas isso vai mudar. — O empregado pôde sentir o ódio na voz de Jonathan. — Bom... Eu vou continuar andando, quem sabe eu não descubra mais coisas por aí, né? — Jonathan falou e foi saindo.

***

Assim que Jonathan saiu, o funcionário correu para a sede da fazenda para contar a Gerald o ocorrido.

Ele bateu na porta onde Gerald estava.

— Pois não, Matheus. — falou Gerald olhando para o funcionário da fábrica de móveis. — Está tudo bem?

— Desculpa incomodar, Sr. Gerald, mas apareceu um homem agora lá no galpão e disse que era filho do Sr. Henry, eu vim correndo avisar o Senhor.

— Fez muito bem, Matheus, eu vou avisar ao Sr. Michael. Obrigado!

O rapaz fez uma reverência e voltou para a fábrica.

***

Jonathan estava andando e viu uma construção muito bonita de tábuas trabalhadas de altíssima qualidade. *O que será que tem ali dentro*, pensou Jonathan já rondando o imóvel. Olhou pela janela de vidro, impecavelmente limpa, e viu que era uma casa de armas, tentou abrir a porta, mas estava trancada.

Isso não era problema para ele, que sempre andava com suas ferramentas para arrombar o que quer que fosse. Com habilidade de mestre, ele facilmente conseguiu abrir a porta e entrar, sem danificar nada.

Ficou extasiado com tantas armas de todos os tamanhos e gostos. Havia de tudo ali. Todas dentro de armários, trancados também, como era de se esperar.

Sem pensar duas vezes, Jonathan descolou o vidro de um dos armários e pegou uma arma, era pequena e se precisasse não hesitaria em usá-la em quem quer que fosse. Ouviu passos de gente chegando e rapidamente escondeu a arma atrás nas calças, e recolocou o vidro novamente no armário. Quando Michael e Brian chegaram e entraram no recinto, acharam um Jonathan com as duas mãos para trás admirando a coleção de armas.

— O que você está fazendo aqui, e como entrou? — perguntou Michael com uma frieza de doer os ossos.

— Ah! Boa tarde para você também, irmão. — Jonathan falou com sarcasmo. — Eu estava apenas admirando a coleção de *nosso pai* — Ele fez questão de enfatizar *pai*, para deixar claro que ele também tinha direito de estar ali.

— Você não respondeu a minha pergunta, como você entrou aqui? — Michael era puro mármore.

— Não foi pela janela, logicamente. Eu entrei pela porta Michael, foi só abrir e entrar, a porta não estava trancada. — Jonathan mentiu na maior cara de pau.

— Então, por favor, retire-se agora. — Sua voz era como gelo, e até Brian ficou com medo.

Jonathan passou por eles e saiu tranquilamente da casa de armas. Os dois o acompanharam. Michael deu uma olhada na fechadura da porta e realmente não havia sinal de arrombamento. *Vou ter que falar com Gerald sobre isso*, ele pensou.

— E você, quem é? Outro filho bastardo? — Jonathan perguntou olhando para Brian.

— Meu nome é Brian, sou o advogado da família — Brian respondeu, olhando Jonathan de cima a baixo.

— Jonathan nós gostaríamos de falar com você, pode nos acompanhar, por favor? — Michael perguntou.

— Claro! O que mais temos a fazer nesse *paradão*, não é mesmo? Vamos conversar.

Chegaram à sede da fazenda e os três foram direto para a sala de chá.

— Sente-se onde preferir — Michael disse apontando para os inúmeros assentos na grande sala.

— Prefiro ficar de pé — respondeu desafiando Michael.

— Olha Jonathan, eu sinto muito que você seja quem você é, mas nós devemos arcar com nossas escolhas e com nossas atitudes. Jonathan olhava com cara de deboche para Michael, e deu um meio sorriso.

— Engraçado, né? O *nosso pai* não arcou com nada, deixou eu e minha mãe na miséria a vida toda e vocês aqui, vivendo no luxo. Mas isso tudo vai acabar, pois quero a minha parte de tudo o que é meu de direito.

— Já sabemos que você não é quem diz ser. — Brian falou secamente. Jonathan empalideceu e antes que ele pudesse responder Adele adentrou a sala.

— Estou atrapalhando? — perguntou Adele delicadamente.

— Não minha querida, de maneira alguma. Entre — Michael ficou sem jeito de mandá-la subir, porque era a primeira vez que ela descia depois de se sentir indisposta.

— Boa tarde! — Ela cumprimentou Jonathan com um meio sorriso.

— Boa tarde! — Jonathan respondeu olhando com malícia e desejo para Adele, o que não passou despercebido a Michael e Brian.

— Sente-se, querida. — Sugeriu Michael.

— Vou ficar um pouquinho de pé, Michael, estou cansada de ficar deitada ou sentada, preciso esticar as pernas. — Michael não disse nada e observou Adele ir para a janela, ficando um pouco mais longe dele e de

Brian e mais perto de Jonathan. Ele teve um pressentimento horrível, mas não disse nada.

Não gostava de ver Adele tão próxima a Jonathan.

Sem pensar duas vezes, antes mesmo que Michael pudesse chegar perto de Adele, Jonathan pegou Adele pego pescoço e retirou a arma de suas costas e colocou na cabeça de Adele.

Adele gritou.

— SE DER MAIS UM PASSO EU A MATO AQUI MESMO! — Jonathan gritou antes que Michael ou Brian pudessem fazer qualquer coisa.

Michael reconheceu imediatamente a arma como sendo da coleção de seu pai, e soube que não estava carregada. Todas as armas que ficavam na casa das armas não tinham balas, justamente para evitar quaisquer incidentes desnecessários. Mas Jonathan não sabia disso, e estava com a arma na cabeça de Adele.

— Jonathan, você pegou essa arma na casa das armas? Como você conseguiu? — Ele queria ter certeza de que a arma era realmente de lá.

— Sim, eu peguei de lá. Eu sou muito habilidoso Michael, e se você der mais um passo, ou esse engomadinho aí, eu juro que mato Adele!

Adele na mesma hora olhou para Michael, e entendeu o recado para que ela se mantivesse calma. Ela também sabia que as armas da casa de armas não tinham balas. Ninguém iria pegar Jonathan para que ele não machucasse Adele de outra forma.

Antes que Jonathan pudesse dizer qualquer coisa, Adele segurou no braço de Jonathan que estava em seu pescoço e disse:

— Me solte Jonathan, por favor, você está me machucando. — A voz de Adele era calma e muito meiga.

Michael se doeu por dentro de ver Adele sendo refém daquele crápula e inescrupuloso mostro.

— NÃO! — Jonathan gritou, se você mexer eu vou dar um tiro na sua cabeça, eu não tenho nada a perder, e minha vida não vale nada, mas tenho certeza de que sua vida vale para Michael.

Adele estava apavorada e pensando em seu bebê e todo o estresse que estava passando para ele.

Jonathan estava suando frio. Fora de si, guardou a arma na cintura e começou a apertar o pescoço de Adele.

— EU VOU QUEBRAR O PESCOÇO DELA!! — Ele gritava, Adele já estava ficando vermelha. Jonathan tirou uma das mãos do pescoço de Adele e enfiou a mão no bolso pegando um estilete.

Michael gelou.

— Se fizer um movimento, eu juro que corto a veia dela. — Ele semelhava um demônio enlouquecido e furioso.

— Tenha calma, Jonathan, nós podemos conversar e eu te darei o que você quiser, mas por favor, solte Adele. Ela não tem nada a ver com tudo isso — Michael falava aterrorizado com a mão esticada pedindo calma.

— EU VOU CORTAR! Fique parado aí mesmo. — Ele gritava a pleno pulmões e Adele chorava silenciosamente.
— CALA A BOCA SUA VADIA. — Ele gritou tirando um fio de sangue do pescoço de Adele, e a sacudindo feito um saco de batatas. Adele deu um grito de pavor e na mesma hora segurou o choro e colocou as duas mãos no braço de Jonathan que apertava seu pescoço sem parar.

Michael, Brian e Gerald estavam sem poder de ação e Jonathan percebeu que aquilo era bom.

— Vamos negociar. — Ele falou asperamente.

— Sim! O que você quiser — respondeu Michael quase implorando.

— Eu quero uma sacola de dinheiro, e todas as joias da casa, e um carro decente. — Ele falou com ar de triunfo.

— Brian, vá ao cofre e pegue tudo o que você encontrar de valor. — Michael falou sem tirar os olhos de Adele e Jonathan.

— NADA DISSO! — Jonathan gritou. — Você pensa que eu sou otário, hein? — Mais uma vez ele fez outro corte pequeno no pescoço de Adele que soltou um gritinho.

— Jonathan, você está cortando e machucando Adele! — Michael falou apavorado. Sem dar a mínima importância ao apavoramento de Michael, Jonathan falou:

— Vamos todos até o cofre e depois a gente vê? Onde é o diabo do cofre? — perguntou debochando do apavoramento de todos. Brian transpirava e Gerald não sabia como reagir a essa situação.

— O cofre fica lá em cima, no meu escritório.

— Ok. Vamos todos juntos. Vocês três na frente, e eu e Adele vamos atrás de vocês, qualquer tentativa de salvá-la, já sabe, né?

Sem ter outra alternativa e sentindo a tensão no ar os três homens seguiram para a grande escada com Jonathan segurando Adele pelo pescoço com o estilete quase cortando sua veia. Ao chegarem no escritório, Jonathan se manteve ao lado da porta.

— Rápido! Rápido! Vocês são uns molengas filhos da puta. — Adele estava apavorada e sem nenhum poder sobre Jonathan, estava quase imóvel, apavorada dele cortar sua garganta. Michael estava tremendo e não lembrava as senhas e Brian correu para ajudá-lo.

— Deixe que eu abro, Michael. — Brian falou agachando ao lado de Michael.

— EI... EI. PODEM SAIR DAÍ AGORA! APENAS UM. VOCÊS PENSAM QUE ME ENGANAM? — Jonathan gritava cada palavra. Sacudiu Adele e ela gritou de pavor.

— PARA! PARA! — Michael gritou apavorado e Jonathan parou de sacudir Adele.

— Vamos logo com isso, seu engomadinho, filhinho de papai mimado. Pegue tudo que tem aí. Anda... Anda.

Brian pegou todo o dinheiro do cofre e algumas joias. Colocou tudo sobre a mesa. Jonathan olhou maravilhado para tudo aquilo, seus olhos brilhavam.

— Coloca tudo em uma sacola. VAMOS! RÁPIDO!

O braço de Jonathan já estava cansado de tanto segurar Adele, por ele, já a tinha matado. *Não faria nenhuma falta.* Pensou encostando nela provocativamente e se esfregando. Adele se sentiu abusada, mas não moveu um músculo. Estava apavorada demais. Brian e Michael pegaram uma sacola que estava dentro de um armário e colocaram o dinheiro e as joias dentro.

— Solte Adele, Jonathan, você receberá tudo. — Brian falou calmamente. Sabia que Michael estava atordoando demais.

— Só vou soltar a hora que eu estiver no carro, se vocês fizerem um movimento eu corto o pescoço dela, entendeu?

— Não vamos fazer nada. Jonathan. — Garantiu Michael. — Ele estava apavorado e tremendo.

Jonathan entrou dentro do escritório com Adele, o mais longe possível dos três homens.

— O mordomo e Brian ficam aqui e você descerá comigo. Anda! Anda! Tranque a porta do escritório com os dois aí dentro.

Sem ter outra alternativa, Michael retirou a chave, estava tremendo demais, mas não deixou que Jonathan percebesse. Sua vontade era pegar aquele desgraçado e enforcar com as próprias mãos. Mas, sabia que se tentasse qualquer coisa, Jonathan poderia ferir Adele.

Olhou para Brian e Gerald e eles deram um sinal com a cabeça de que tudo ficaria bem. Não importava o dinheiro e as joias, Michael tinha muito mais em outro cofre no escritório. Aquilo não chegava nem aos pés do que o outro cofre continha. Ele e Brian foram para o primeiro cofre que guardava poucas coisas.

Michael esperou Jonathan sair e ficar longe da porta e trancou os dois amigos por fora.

— Deixa a chave aí mesmo, ninguém vem aqui mesmo.

— Preciso chamar um funcionário para pegar o carro, Jonathan — Michael falou com a voz que parecia uma pedra de gelo.

— Você pode gritar da porta lá embaixo, ou o filhinho engomadinho não grita? — Ele provocava a todo momento, e Michael já estava cheio daquele miserável.

— Vamos! — Falou Michael sem dar resposta e foi descendo na frente. Antes de chegarem à sala, Jonathan ouviu um barulho de carro chegando. Levou Adele com ele até a janela e olhou. Viu sua mãe descendo do carro e descobriu que seu disfarce realmente tinha sido descoberto.

— Podemos ficar calmos, por favor. — Michael falou nervoso ao observar Jonathan ficar agitado.

— CALMA NADA! Eu não estou calmo e quero saber o que minha mãe está fazendo aqui? Como vocês a encontraram? — Jonathan estava com os olhos esbugalhados e espumava a boca de raiva.

— Ela estava pegando o trem para vir para cá Jonathan. Mesmo antes disso nós já sabíamos que você é uma completa fraude. — Michael falava calmamente para não perturbar a mente de Jonathan.

Todos que estavam chegando ouviram Jonathan gritando, e os investigadores viram pelo vão da porta ele fazendo Adele de refém e com um estilete no pescoço dela.

O sangue escorria pelo pescoço de Adele, onde Jonathan fez os dois cortes.

— Fique aqui Dona Anna, nós vamos assumir daqui. — O investigador falou pegando no braço de Anna.

— Não! Eu vou entrar e tentar convencer Jonathan a não agir dessa maneira, ele é meu filho, eu o farei se entregar. Com isso, Anna entrou na grande sala.

— Nathan! Meu filho! Largue essa moça, filho. — Sua mãe estava implorando.

— Sua velha BURRA. O que você fez? Nós íamos ficar ricos e você como sempre estraga tudo. SAIA DAQUI AGORA! Senão eu vou cortar o pescoço dela!! — Jonathan gritava a todos pulmões. Michael resolveu intervir. Não aguentava mais ficar parado vendo Adele ser subjugada a Jonathan. Antes que Michael pudesse fazer qualquer coisa que fosse, o policial apontou a arma para a cabeça de Jonathan e deu um tiro certeiro, ele caiu para trás soltando Adele. Michael correu para ela e a segurou antes que pudesse cair no chão, desmaiada.

Anna correu chorando para seu filho todo cheio de sangue na sala e já sem vida. Na confusão, Amélia subiu e abriu o escritório para Gerald e Brian sair. Jonathan não sabia que havia uma comunicação entre todos os cômodos da mansão com a cozinha.

Gerald e Brian corriam de um lado para o outro pedindo ajuda para Adele que tinha desmaiado.

— Vou buscar o Dr. John — Falou Brian para um Michael desnorteado.

Brian saiu correndo e Amélia subia as escadas atrás de Michael que carregava Adele no colo.

— Adele, meu amor acorde — Michael chorava feito criança e Gerald ajudou Michael a colocá-la na cama. Ela estava pálida como cera.

— Eu vou me encarregar dela Sr. Michael, já peguei água quente e vou fazer uma compressa de água em seus pés, logo, logo ela estará bem novamente.

— Venha Sr. Michael... vamos descer. O investigador e o policial querem falar com o Senhor — falou Gerald segurando firme no braço de Michael.

Michael não queria deixar Adele e chorava feito criança. Anna estava desolada ajoelhada no chão junto ao corpo do filho. Peter abraçava Anna chorando também. Os empregados da fazenda entravam e saiam da casa, apavorados com o barulho do tiro.

Greystones estava um verdadeiro reboliço.

XXI

Brian chegou com o Dr. John em menos de quinze minutos, quase bateu o carro, mas conseguiu ir bem rápido. O médico já foi subindo os degraus sem olhar para o caos que estava na sala, com várias pessoas falando ao mesmo tempo.

— Dr. John, entre. — disse Amélia torcendo as mãos no avental. O médico retirou de sua pasta um frasco de vidro e sentou-se na beirada da cama. Adele estava imóvel e muito pálida. Ele aproximou o frasco aberto de suas narinas e na mesma hora Adele tossiu e se sentou na cama.

— Calma aí mocinha, vamos devagar. — John falou carinhosamente colocando a mão no ombro de Adele e fazendo-a se recostar novamente nos travesseiros.

— Como você está se sentindo? — perguntou o médico solícito.

— Estou meio tonta, mas estou bem. Michael? — Adele perguntou arregalando os olhos para Brian que estava também dentro do quarto.

— Ele está bem, querida, fique tranquila. — Brian se aproximou e deu um beijo fraternal na testa de Adele.

— Oh, Brian! Jonathan? Como está? Eu não vi mais nada, acho que desmaiei... — Adele começou a chorar compulsivamente e Brian a abraçou.

— Calma!! Calma!! Já passou. — Brian era carinhoso e compreensivo e o médico disse para Adele.

— Você precisa manter a calma, a sua situação é muito delicada. O pior já passou! — Adele se sentou na cama e Brian afrouxou o abraço e disse que desceria para ver se Michael precisava de alguma coisa.

— Também vou descer com você, Brian? — O médico deu as instruções para Amélia e ela ouviu tudo atentamente balançando a cabeça de vez em quando. John e Brian desceram.

— Está se sentindo melhor, Senhorita Adele? — Amélia perguntou segurando a mão de Adele.

— Sim. Estou bem. Um pouquinho tonta. — Ela respondeu meigamente.

— O Dr. John disse que é normal, depois do desmaio. Vou preparar algo para a senhorita comer, fique quietinha que já subo com algo, tá bom?

— Está bem Amélia, muito obrigada.

— Amélia... Jonathan morreu, certo? — Ela perguntou chorando.

— Sim minha querida, o policial viu que se não o impedisse, ele cortaria seu pescoço. Foi preciso a intervenção da polícia. Não se sinta culpada, na vida temos escolhas, e essa, infelizmente, foi a escolha que ele fez. — Amélia falou calmamente, mas áspera.

— É verdade. Não pensarei mais nele, mas vou te confessar, ele me dava medo. — Adele falou e tremeu só de pensar em Jonathan.

Após a saída de Amélia, Adele se recostou nos travesseiros e pensou o quanto Michael cuidava dela. Aquela maneira de perguntar a Jonathan se a arma era da casa de armas, era para ela saber que não havia balas na arma, foi muito esperto da parte de Michael.

Brian também sabia disso. Tio Henry nunca deixava as armas carregadas e as balas ficavam em outro lugar, nunca junto às armas. Adele agradeceu mentalmente ao seu tio e fez uma oração para Jonathan. Aquele era um pobre coitado que nunca foi feliz. Essa foi a conclusão que Adele chegou.

Anna chorava e abraçava seu filho aos prantos. Peter o tempo todo a abraçava com pesar e com medo também, se a polícia quisesse, poderia associar Peter a Jonathan e saber das coisas erradas que os dois faziam quando estavam juntos.

— Venha, Dona Anna, deixe que o médico ateste o óbito de seu filho — Gerald falava mansamente com Anna, cheio de dor também, pois tinha filhos e jamais gostaria de ter que enterrá-los.

Anna levantou-se do chão e colocou os braços no de Peter, que a amparou o tempo todo. Estava morrendo de pena da Dona Anna, pelo péssimo filho que ela tinha.

— Amélia... — chamou Michael! Por favor, leve a Senhora Anna e seu amigo para tomarem algo na cozinha, vejam do que eles precisam. Não deixe que lhes faltem nada. — Michael falava calmamente e baixo e sentiu muito pesar por Anna que chorava o tempo todo.

— Você é o filho de Henry? — Perguntou Anna enxugando as lágrimas, com a palma das mãos.

— Sim. Meu nome é Michael. Sinto muito por sua perda, iremos dar toda a assistência que a Senhora necessitar para o enterro. Não se preocupe com as despesas. — Michael falava com muito carinho.

— Muito obrigada, Sr. Michael, e obrigada por todo o seu apoio. O meu Jonathan não foi feliz nessa vida, mas quem sabe o Senhor Jesus não tenha piedade dele e ele vá para um lugar melhor, né? — Anna recomeçou a chorar e encostou o rosto no ombro de Peter que a abraçou carinhosamente.

— Sim. Deus reservará um bom lugar para Jonathan, tenho certeza disso. — Michael a consolava.

— Peço que perdoe o meu filho Sr. Michael, para que ele tenha paz onde quer que esteja. — Anna pedia humildemente e chorando.

— Não se preocupe, ele já está perdoado. Vá com Amélia comer alguma coisa e descansar. Amanhã enterraremos seu filho. — Michael pegou carinhosamente no braço de Anna e a entregou a Amélia.

— Obrigada! — Ana saiu arrastada da sala apoiada em Peter de um lado e Amélia de outro.

— Gerald... — chamou Michael — continue cuidado de tudo aqui. Vou dar uma olhada em Adele, eu já volto.

— Fique tranquilo Sr. Michael, eu e Brian tomaremos todas as providências necessárias. Graças a Deus foi a própria polícia que atirou em Jonathan e eles mesmo viram a crueldade dele.

— Sim. Graças a Deus. Precisando, estou no quarto com Adele. Michael subiu as escadas correndo e entrou no quarto de Adele sem bater na porta.

— Está melhor, meu amor? — Michael perguntou carinhosamente aproximando-se da cama e sentando-se na beirada.

— Sim. Estou bem mais calma agora. Amélia trouxe algo para eu comer e estou bem e nosso bebê também. — Adele falava tudo calmamente para tranquilizar Michael.

— Fiquei tão assustado querida — Falou Michael olhando nos olhos dela e enchendo os olhos d'água.

— Eu sei querido! — Eu também temi pela minha vida e pela vida desse ser que está aqui dentro e mim.

— Eu não fiquei mais nervoso, porque eu reconheci a arma, da coleção de papai, mas eu queria ter certeza e poder te tranquilizar também e a Brian, né? Ele estava uma pilha de nervos. — Michael pegou as mãos de Adele.

— Obrigada Michael, por ter me protegido. — Adele falou meigamente olhando nos olhos esmeraldas de Michael.

— Eu te amo meu amor, Michael aproximou-se de Adele e beijou sua boca sensualmente e logo os dois estavam excitados para amar um ao outro.

— Como é gostoso te beijar. — Adele falou sem tirar os lábios da boca de Michael. Sugando e mordendo os lábios dele sensualmente.

Michael estava a ponto de explodir de tanto desejo e sentia a necessidade de ter Adele com ele. Puxou Adele para mais perto e a abraçou passando as mãos em suas costas e beijando sua boca carnuda e vermelha.

— Você me deixa louco, amor! — falou Michael rouco de desejo e luxuria. Adele olhou para os olhos de Michael e viu que estavam mais escuros de desejo e amor.

Após provocarem-se bastante, eles se afastaram e sorriram um para o outro.

— Venha passar a noite aqui Michael, eu não quero estar sozinha. — Adele falou olhando em seus olhos.

— Eu virei, meu amor. Não a deixarei sozinha. Agora preciso ir, temos muito o que resolver lá embaixo.

— Daqui a pouco eu também estarei de pé, me sinto bem melhor agora. — Ela respondeu.

— Está bem, eu a encontro depois. — Com um último beijo, Michael deixou Adele. Ela se levantou e resolveu tomar banho, para retirar toda e qualquer cheiro ou vestígio de Jonathan de seu corpo.

Michael parou, antes de descer, na porta de seu escritório para dar uma olhada na foto de seu pai pendurada na parede. Da última vez que a tinha olhado, ele teve um pressentimento terrível. Dessa vez ele olhou nos olhos de seu pai e viu somente aprovação. *Papai queria me avisar.* Pensou ele.

Fazendo uma prece silenciosa para Deus e seu pai ele desceu as escadas para resolver outros assuntos. Anna estava inconsolável e se não fosse Peter que a cobria de carinho, com certeza ela desmoronaria.

Jonathan, seu único filho, tinha ido embora para sempre, e Anna não sabia o que fazer da vida.

Mesmo com todos os problemas que Jonathan dava, ela o amava e sabia que no fundo o filho era revoltado devido a criação violenta que teve. Quando ela ia trabalhar o pai bebia e espancava o filho. Anna só ficou sabendo disso muito tempo depois.

O enterro foi feito no próprio cemitério da família de Henry. Apesar de Jonathan não ser da família, Michael ficou com pena de Anna. Por consideração a seu pai, que tanto a amou, aceitou enterrar o filho de sua amada na fazenda. Anna se apoiava em Peter como nunca, e ele estava sendo um verdadeiro filho.

Após o enterro, Michael mandou chamar Anna e Peter em seu escritório.

— Com licença, Sr. Michael — falou uma Anna de olhos inchados e cara vermelha. Peter estava com ela.

— Entre. — Michael falou educadamente, mas bem sério. — Como você sabe Anna, esse é o nosso advogado, o Dr. Brian. — Anna olhou para Brian e logo reconheceu traços de Gerald e Amélia no rapaz. Ela não disse nada, apenas o olhou.

— Brian irá transferir para sua conta uma boa quantia de dinheiro, isso para que você possa ter suas economias, uma vez que segundo os investigadores, sua casa foi arrombada e quase tudo destruído.

Anna olhou perplexa para Michael, mas já imaginava quem tinha sido. Leeds era uma cidade pacata e quase todos a conheciam, *só pode ter sido Nathan*, pensou Anna triste e enchendo os olhos d'água.

— Muito obrigada, Sr. Michael, por tudo. — Anna falou com voz fraca e humilde.

— O que queremos saber agora é se você, Peter, irá morar com a Senhora Anna?

Peter levou um susto quando ouviu o seu nome.

— Se a Dona Anna me quiser, eu vou morar com ela sim, a minha mãe me abandonou, e eu nunca vi uma mãe tão boa como a Dona Anna. — Peter falou e segurou a mão de Anna.

— Você tem um emprego, Peter? — perguntou Brian.

— Não, senhor. Eu faço uns bicos aqui e ali, nunca consegui um emprego decente — falou sem graça, olhando para o chão o tempo todo.

— Nós temos alguns negócios em Leeds também, Brian vai arrumar um emprego para você, se você estiver interessado! — Michael falava polidamente com ele.

— Eu quero sim. Obrigado Sr. Michael, agradeço muito mesmo. — Peter falava olhando para o chão.

— Então ficamos assim. A Senhora Anna e você podem ficar aqui o tempo que acharem necessário. — Michael falou encerrando a reunião.

— Muito obrigada, Sr. Michael. Iremos embora agora. Tenho meu trabalho em Leeds e pretendo voltar a trabalhar o mais rápido possível. Se me permite dizer, eu sei que de onde Henry estiver terá sempre, muito orgulho do senhor. — Anna fez uma reverência e virou para deixar a sala.

— Obrigado! Papai a amou muito, Anna. Ele falava muito de você para mim. — Michael falou emocionado.

— Eu também o amei profundamente, Sr. Michael, mas nunca daríamos certo. Eu nunca me senti a altura de Henry, mas ele sempre será o meu verdadeiro amor.

— Sei que sim. Quando quiser visitar seu filho, fique à vontade, sempre será bem-vinda aqui em Greystones.

— Obrigada!

Anna e Peter deixaram Greystones naquela tarde, e Anna prometeu a si mesmo que viria uma vez por ano, enquanto fosse viva, visitar seu filho no túmulo.

Seu coração estava partido, mas sabia que Jonathan não viveria por muitos anos. Bebida e drogas acabaram com a saúde dele, que já mostrava sinais de que não iria viver por muito tempo.

XXII

Três semanas se passaram e as coisas estavam voltando aos eixos.

— Ele ficou bem instalado na fábrica de Leeds, estão todos gostando do serviço para o qual foi designado, e o supervisor disse que ele é bem dedicado. — Brian deu as boas notícias sobre Peter.

— E a Anna? Como está? — perguntou Michael.

— Está bem Michael, parece que Peter é um verdadeiro filho para ela. Eles estão morando juntos e ele a trata com carinho e respeito.

— Fico feliz em ouvir isso Brian, aquela senhora já sofreu muito nas mãos do filho.

— É verdade. E como estão os preparativos para o casamento? — Brian perguntou.

— Adele está muito animada e eu também. Já pegou seu terno de padrinho? — Michael perguntou sorrindo de orelha a orelha para o grande amigo.

— Sim. Ficará pronto em dois dias. Estou muito lisonjeado de fazer parte desse grande dia, como seu padrinho, Michael.

— Eu sei, amigo. Agradeço por ter aceito.

— Claro! Não perderia isso por nada desse mundo. O convicto solteirão sendo enforcado pela linda Adele.

Os dois amigos riam as gargalhadas. Michael estava feliz e isso era tudo o que importava e faria tudo para fazer Adele feliz.

— Brian, não se esqueça de todas as coisas que você precisa olhar quando estivermos fora. — Michael falava sem olhar para o amigo, pois estava absorto em alguns papéis.

— Amigo, olhe para mim — Brian falou para Michael.

— Sim. — Michael parou e olhou para ele.

— Você já me recomendou isso umas trezentas vezes. Segue em paz com sua lua de mel e seja feliz. Nada vai acontecer aqui ou em qualquer das fábricas. Para isso pagamos tantos administradores, e você tem o melhor advogado do mundo. — Brian ao final estava brincando para relaxar Michael.

— Obrigado! Sei o quanto te perturbo e agradeço por me aturar. — Michael respondeu.

— Ok. Estarei tomando as outras providências. — Brian saiu e Michael continuou trabalhando até a hora do almoço.

O casamento seria daqui a um mês e todos estavam eufóricos e felizes por Michael e Adele.

***

— As modistas chegaram, senhorita Adele — avisou Gerald.

— Por favor, Gerald, mande-os para a sala de chá. Já vou descer. — Adele estava fazendo a lista dos amigos que gostaria de ter em seu casamento. Eram poucas pessoas de sua parte, uma vez que ela não tinha mais parentes. Ao todo, entre os convidados dela e de Michael, seriam apenas cinquenta convidados e todos os empregados de Greystones também estariam presentes e participariam da festa, que seria no jardim da fazenda.

Os cerimonialistas estavam fazendo um serviço excelente, colocando tendas e mais tendas para que todos ficassem abrigados. Adele e Michael se casariam ao entardecer, quando o sol estivesse se pondo.

Será mágico! Adele pensava.

— Boa tarde! — Adele cumprimentou os modistas meigamente.

— Boa tarde, Senhorita Adele. — Animada para traçarmos os últimos preparativos de seu vestido?

— Claro! Estou muito animada.

— Então vamos lá. — Uma das modistas disse sentando-se ao lado de Adele, e mostrando o que haviam modificado. Adele queria algo solto e totalmente simples. Nada muito sofisticado. Como era muito esbelta e magra, sua barriga ainda não estava aparecendo, mas ela não se importava com isso. Todos já sabiam que estava esperando um filho, e ela se orgulhava disso.

— Os enjoos matinais passaram? — Perguntou a modista que havia se tornado amiga de Adele.

— Sim, graças a Deus não sinto mais nada. O Dr. John disse que eu nasci para isso — Ela sorria enquanto falava e a moça observou o quanto ela era linda.

— Você ficará magnifica nesse modelo, Adele.

— Essa é a minha intenção. — As duas moças riram e continuaram a conversar, mudando aqui e ali no desenho.

— Voltaremos para a última prova em três dias.
— O costureiro falou.

— Estarei aqui, aguardando vocês. Obrigada! — Adele agradeceu e foi ao escritório de Michael.

— Com licença querido! — falou ao chegar à porta.

— Que surpresa querida! Entre. Você sempre será bem-vinda onde eu estiver. Michael se levantou e tomou Adele em seus braços já beijando sua boca carnuda e sensual. — Adele estava mole de amor por Michael.

— Amo ser beijada assim...

— Também amo essa sua boca e você toda, sabe disso, certo? — Michael perguntou com carinho.

— Sim, meu amor — Adele se desvencilhou de Michael e sentou-se em uma poltrona.

— Você veio me mostrar algo? — Perguntou Michael apontando para o caderno nas mãos de Adele.

— Sim, amor. A minha lista está pronta, gostaria de ver com você sobre seus convidados. Irei mandar subscritar os convites e colocar o brasão da família.

— Minha lista já está pronta também, eu já a tenho aqui, serão poucos convidados, amigos mais chegados, e alguns investidores de nossas fábricas. — Ah! Se você não se importar, chamarei a família toda de Amora.

— Claro, amor! Chama sim, ela se tornou uma boa amiga. — Adele respondeu meigamente, olhando para a lista de Michael.

— Adele, eu não mereço você! — Michael se ajoelhou onde Adele estava e a abraçou. Você além de ser o grande amor da minha vida, é a minha melhor amiga. Obrigado por ser você a me fazer o homem mais feliz do mundo.

— Amo você, Michael, e estou muito feliz, nunca estive tão feliz em toda a minha vida.

Os dois se beijaram apaixonadamente.

— E como está hoje o nosso bebê? — Michael colocou a mão na barriga de Adele.

— Está ótimo! — Adele sorria ao responder e colocou sua mão na mão de Michael.

Os dois olharam nos olhos um do outro e sorriram.

— Agora vou deixar você trabalhar, também tenho várias coisas para ver. — Adele era meiga e delicada. — Beijando Michael mais uma vez, ela saiu do escritório deixando um Michael sorridente e feliz.

***

Os dias passaram voando. *Finalmente o grande dia chegou!* Adele e Michael estavam felizes e nervosos ao mesmo tempo. Gerald estava muito nervoso.

— Calma, Gerald. — falou Amélia tentando acalmar o marido, vai dar tudo certo.

— Amélia, não é você que entrará na capela com Adele. Estou muito ansioso. E se eu fizer alguma coisa errada? — Gerald disse tentando arrumar a gravata.

— Deixa que eu faço isso para você, papai. — Brian veio ao socorro do pai.

— Meu filho, tenho que estar impecável. — Gerald falou de olhos arregalados. Brian riu do seu pai.

— Papai você treinou ontem mesmo com Adele. Se você não fosse capaz, Adele nunca teria chamado você. Fique calmo! — Gerald levantou o pescoço para que Brian consertasse a gravata.

Brian ficava pra lá e pra cá, tentando acalmar seu pai e Michael. Já estava todo suado de tanto correr de um lado para o outro. Ainda não tinha conhecido a moça que iria fazer par com ele na cerimonia. Ela era médica e amiga de Adele, a única coisa que ele sabia era que ela morava também em Londres e se chamava Sarah. Finalmente todos os convidados estavam dentro da Capela.

***

Michael já estava no altar conversando com o padre que iria celebrar o casamento.

Todos os padrinhos já estavam na porta da igreja para que entrassem um a um com seus pares e ficassem ao redor do altar com Michael e Adele.

O coral começou a tocar pontualmente as 17:30 horas, o sol iria se por as 18:10 horas.

Os quatro padrinhos já estavam prontos.

O primeiro padrinho a entrar foi Brian com Sarah. Ambos estavam elegantemente vestidos e lindos. Ambos eram magros, altos e loiros. Uma combinação perfeita.

Brian nunca imaginaria uma acompanhante melhor. Sarah era linda e inteligente. Eles conversaram por meia hora, antes da cerimonia e Brian estava encantado.

Após todos os padrinhos estarem dois de cada lado, entrou um casal de criança, filhos de um dos empregados da fazenda. As crianças carregavam as alianças do casal e uma terceira criança que ia à frente jogava pétalas de flores no chão.

A cena era linda!

Michael estava no altar para receber Adele e estava muito nervoso, vez ou outra olhava para Brian, e ele lançava piscadelas e sorrisos de "força amigo".

A marcha nupcial começou. Todos os convidados olharam para trás para ver a noiva entrar.

Adele entrou de braços dados com Gerald, que estava elegantemente vestido e com muito orgulho de levá-la ao altar.

Adele estava linda e maravilhosa! A perfeição em pessoa. Adele escolheu um vestido simples, e a cor era Champanhe, nada de totalmente branco. O véu era curto, até os ombros e seus cabelos estavam soltos e brilhantes. Optou por pouca maquiagem, porque sua beleza já era estonteante. Parecia um anjo indo ao encontro de Michael. Seu vestido era cheio de pedras preciosas, que brilhavam com o movimento do corpo.

Michael encheu os olhos d'água e agradeceu mentalmente a Deus por ter Adele.

*Ela é linda, p*ensou Michael.

Gerald deu um beijo tímido na testa de Adele e a entregou a Michael dando um abraço nele.

Michael recebeu Adele com um beijo, também na testa e ela colocou o braço em seu braço. Os dois ficaram de frente para o padre que começou a cerimonia com muita alegria.

Após trinta minutos os dois estavam casados.

A festa durou quase a noite toda, com muita comida, bebida e música. Todos se divertiram muito e a alegria foi universal.

— Gente... gente... agora vou jogar o meu buquê de flores, e quem pegar será a próxima a casar! — Falou Adele rindo e brincando com os convidados.

As solteiras se reuniram rindo e esperando para ser a próxima sortuda. Adele encenou jogar três vezes o buque para brincar com as moças.

Na quarta vez que ela jogou, ele caiu justamente nas mãos de Sarah, ela pegou sorrindo muito e deu uma olhada para Brian e seus olhos se encontraram. Sarah sentiu um arrepio na nuca e Brian sentiu uma atração incrível por ela. *Ela é realmente linda!* Pensou Brian. Todas as moças diziam que *"foi marmelada,"* que Adele tinha preferência pela amiga e foi uma grande celebração.

***

Michael e Adele viajaram após a festa. Brian e Sarah foram levá-los à estação de trem.

Já no compartimento particular do vagão, Michael e Adele trocavam de roupa.

— Feliz? — Michael perguntou a Adele.

— Sim, meu amor. Eu sou a mulher mais feliz do mundo. — Adele respondeu sorrindo.

— E você me fez o homem mais feliz do mundo. — respondeu Michael beijando Adele carinhosamente.

Adele e Michael foram para a suíte do compartimento, onde havia uma cama de casal linda e confortável.

O amor deles venceu todos os obstáculos e dramas.

- FIM -

Para Mais Livros:

5310publishing.com